I0651149

Mercedes Cabello de Carbonera

Los amores de Hortensia

(Historia contemporánea)

edición crítica
Claire Emilie Martin
María Nelly Goswitz

⌒ - STOCKCERO - ⌒

Foreword, bibliography & notes © Claire Emilie Martin & María Nelly Goswitz
of this edition © Stockcero 2011
1st. Stockcero edition: 2011

ISBN: 978-1-934768-47-1

Library of Congress Control Number: 2011938091

All rights reserved.
This book may not be reproduced, stored in a retrieval system, or transmitted, in whole or in part, in any form or by any means, electronic, mechanical, photocopying, recording, or otherwise, without written permission of Stockcero, Inc.

Set in Linotype Granjon font family typeface
Printed in the United States of America on acid-free paper.

Published by Stockcero, Inc.
3785 N.W. 82nd Avenue
Doral, FL 33166
USA
stockcero@stockcero.com

www.stockcero.com

Mercedes Cabello de Carbonera

Los amores de Hortensia

(Historia contemporánea)

Indice

NOTA DE LAS EDITORAS

La presente edición está basada en el libro *Los amores de Hortensia*. *(Historia Contemporánea)* de la Imprenta de Torres Aguirre publicada en la ciudad de Lima, Perú, en 1887. El volumen lleva un autógrafo de puño y letra de la autora dedicado «A los ilustrados R.R. de 'El Comercio'- Homenaje literario de La autora», fechado en Lima, Junio 1888. Esta edición estuvo basada en la versión aparecida en forma de folletín en el periódico *La Nación* de ese mismo año. Cotejamos las dos ediciones y hemos anotado las ínfimas diferencias entre ambas en las notas al pie de la página. Hemos respetado la ortografía, la acentuación, la puntuación e idiosincrasias lingüísticas comunes en el siglo diecinueve, y donde corresponde, hemos señalado los errores de imprenta o tipográficos en las notas. Los errores o inexactitudes más generalizados están relacionados a la acentuación y a la ortografía finiseculares; por ejemplo, llevan acento: á, fué, dió, vió, é, ó. Existen errores de acentuación que hemos corregido por egregios, aunque ignoramos a ciencia cierta si son de la autora, o más probablemente, errores de impresión comunes en la época: entónces, piés, sús, prosáico, pués, léjos, lógia, creér, poéma, amárga, sín, hácia, jóven, lé, preságio. En otros casos, los acentos escritos han sido omitidos en el original: tambien, adios, frias, quisieramos, asi. También se encuentran errores ortográficos comunes: ageno, lijera, acojida, baronil, esquisita, exita, exajerado, lójica. Es nuestra opinión como editoras, que estos errores en conjunto, de ninguna manera interfieren con el deleite de la lectura del texto, y muy por el contrario, le prestan un ligero sabor de antaño debido a la misma inestabilidad de la ortografía y la acentuación. Por ello, si bien estos errores a veces desagradan, nuestro criterio de edición ha sido dejar hablar al texto tal y cual fue leído en su época.

Queremos agradecer, en primer lugar a Mónica Cárdenas Moreno, quien generosamente nos proporcionó una copia de la novela en la edición de Torres Aguirre en el 2009.

A pesar de todos nuestros esfuerzos, de múltiples pesquisas y de la ayuda de colegas en EEUU, Argentina, Perú, España y Francia, todo ello nos llevó a una infructuosa búsqueda de la edición de la novela en la revista parisina *El Correo de Ultramar*. No obstante, no queremos dejar de señalar la ayuda recibida por nuestro colega y experto en el siglo diecinueve, J.P. Spicer-Escalante quien emprendió la búsqueda de dicha revista en la Biblioteca Nacional y en la Hemeroteca de Buenos Aires. Somos también deudoras de sus consejos editoriales y quedamos profundamente agradecidas por su generosidad. También deseamos reconocer la asistencia que recibimos de Pura Fernández y Carmen Simon Palmer, investigadoras científicas del Centro de Ciencias Humanas y Sociales, Consejo Superior de Investigaciones Científicas (CSIC) de Madrid, que de inmediato ofrecieron sus vastos conocimientos y red de contactos para tratar de localizar los números de *El Correo de Ultramar* en España. En UCLA, Eudora Loh, bibliotecaria experta en estudios latinoamericanos, nos ofreció su inestimable ayuda. En la Bibliothèque Nationale de France, Catherine Lagoute, nos proporcionó datos y pesquisas para determinar el paradero de los volúmenes extraviados de *El Correo de Ultramar*. A Mary Berg, María Cristina Arambel Guiñazú y Adriana Méndez Rodenas, van nuestro agradecimiento por sus oportunas sugerencias editoriales. Quedamos profundamente agradecidas a todos aquéllos que nos ofrecieron generosamente su tiempo y su saber.

CLAIRE EMILIE MARTIN
MARÍA NELLY GOSWITZ

ADDENDUM

En el mes de noviembre del 2012, Mónica Cárdenas Moreno nos comunicó que luego de largas pesquisas en la Biblioteca Nacional de Francia había finalmente localizado el volumen del suplemento de *«El Correo de Ultramar. Parte Literaria Ilustrada»* (FOL-Z-9) donde Cabello de Carbonera había publicado su primera novela por entregas, *Los amores de Hortensia*, entre marzo y mayo de 1884. También cabe mencionar la generosa ayuda de Carmen Guy, Encargada de colecciones de economía, derecho y política de la BNF quien nos permitió acceder al volumen a fines de noviembre del 2012. Queda así elucidado el misterio de la primera publicación de Cabello de Carbonera. *Los amores de Hortensia* fue publicada primero en París en 1884, y más tarde en Lima en 1887.

13 de mayo, 2013.
LAS EDITORAS

Prólogo a la presente edición

Cronología y recepción

En los casi 125 años transcurridos desde la primera publicación de *Los amores de Hortensia,* (1886-1887) las referencias cronológicas en cuanto al lugar que ocupa esta obra dentro de la saga novelística de Mercedes Cabello de Carbonera han sido divergentes. A comienzos de la centuria pasada, críticos peruanos como Augusto Tamayo Vargas (1940) y Luis Alberto Sánchez (1965) afirmaban que ésta fue la segunda novela de la autora peruana; sin embargo, Luis Castro Arenas en la década del sesenta en su libro *La novela peruana y la evolución social* hace notar su desacuerdo:

> Tamayo Vargas señala a «Sacrificio y recompensa» como la primera novela de Mercedes Cabello. Pero ella, en el prólogo a «Sacrificio y recompensa» (127) indica a «Los amores de Hortensia» [sic] como su primera novela. Riva Agüero ignora ambas novelas; Ventura García Calderón menciona únicamente a «Sacrificio y recompensa» entre piadoso e irónico; y Luis Alberto Sánchez, presumiblemente siguiendo la cronología de Tamayo Vargas, menciona como novela primigenia a «Sacrificio y recompensa».
>
> Optaremos por la cronología que dicta la propia novelista, esto es consideramos como primera novela a «Los amores de Hortensia» [sic]. (88)[1]

Años más tarde, pese a la referencia de Castro Arenas, la crítica nacional e internacional opta por soslayar la discrepancia y se inclina en algunos casos por no citar el texto en sus bibliografías (Villavicencio, Moreano), o por citarlo sin señalar el año en que se publicó (Denegri, Marting); y otro grupo, por continuar citándolo como la segunda novela de la autora peruana (Voysest).[2]

---

[1]   Es importante señalar que el nombre de la novela a la que alude Tamayo Vargas en *Perú en trance de novela,* tiene una pequeña variación *Los amores de Hortensia* –biografía de una mujer superior– (p. 48). También se halla en el tomo II de su *Literatura peruana* (p. 559). Este curioso subtítulo no aparece en ninguna de las dos ediciones que hemos consultado ni es mencionado por ningún otro crítico.

[2]   Maritza Villavicencio se refiere a *Los amores de Hortensia* en la página 83 del libro *Del silencio a la palabra* y Cecilia Moreano lo hace en las páginas 36-38 de *La literatura heredada,* pero no lo citan en su bibliografía. Francesca Denegri lista las obras de Cabello de Carbonera en la bibliografía que incluye en *El abanico y la cigarrera* y coloca a *Los amores* antes de *Sacrificio y recompensa* con los siguientes datos: n.d, n.p.; Diane Marting

Al emprender este proyecto de reedición, nos propusimos recobrar un texto que permitiera a estudiosos de la narrativa de Cabello de Carbonera integrar en sus investigaciones una obra primordial para la literatura decimonónica latinoamericana, y esencial para comprender la evolución literaria y filosófica de su autora.[3] Al mismo tiempo, nos movía el interés de esclarecer el misterio y la confusión sobre la cronología de las novelas de Cabello, y demostrar que *Los amores de Hortensia* es y debe ser considerada la primera novela de la escritora peruana.

Como primer paso hacia la elucidación del problema de la cronología, un hecho revelador es que entre los años 1885 y 1887 Cabello de Carbonera publicó sus primeras novelas tanto en el ámbito nacional como en el internacional.[4] Partiendo de esta premisa, hemos analizado los documentos que fundamentan nuestra postura: los mismos que nos permiten concluir que *Los amores de Hortensia* es la obra que inicia la trayectoria novelística de la escritora peruana. Tal y como bien lo había recalcado Mario Castro Arenas hace más de 40 años, es el prólogo de *Sacrificio y recompensa,* que Cabello de Carbonera dedicara a su maestra y amiga Juana Manuela Gorriti, el que parecería iniciar la confusión, ya que es en éste donde la propia autora afirma que *Los amores de Hortensia* es su primera novela.[5]

Para deslindar esta interrogante nos hemos basado en la más fiable investigación biográfica publicada sobre la autora peruana, el compendioso volumen de Ismael Pinto Vargas, *Sin perdón y sin olvido.*

---

en *Spanish American Women Writers* hace la misma referencia. Oswaldo Voysest en la más reciente reedición de *Blanca Sol* para Stockcero en el año 2007, sitúa en la sección «Obras en libro de Mercedes Cabello de Carbonera», a *Los amores* después de *Sacrificio y recompensa.*

3   A continuación hemos recopilado las notas de investigadoras que no han tenido acceso a la obra para completar sus estudios sobre Cabello de Carbonera: «La imposibilidad de localizar *Los amores de Hortensia* en las bibliotecas consultadas, me obliga a prescindir de ella en este estudio» (Elena González- Muntaner. 2002: 162). «Desafortunadamente he tenido un acceso parcial a las obras de Mercedes Cabello de Carbonera. Es de esperar que pronto aparezca un estudio acabado de su obra con documentos que probablemente sólo son ubicables en Lima» (Canepa, 1993: 2, 280). «Según Ismael Pinto, 'El año 87 (¿probablemente a fines del 86?) se publica en Europa, como folletín, la primera novela de Cabello de Carbonera; esto es *Los amores de Hortensia*, en *El Correo de Ultramar* de París' (p. 259). Esta información no la he podido comprobar, pero probablemente hay un error en la fecha, pues *El Correo de Ultramar* deja de publicarse a inicios de 1886» (Moreano, 2004: Nota #140, p. 57). «En mi análisis he explorado todas sus novelas con la excepción de *Los amores de Hortensia*. Me ha sido imposible encontrar una copia de esta novela tanto en Perú como en otros países» (Ferreira, 2002: 238).

4   Nos referimos a: *Los amores de Hortensia, Eleodora y Sacrificio y recompensa.*

5   Dedicatoria a Juana Manuela Gorriti en *Sacrificio y recompensa.* (1888): Lima, Imprenta de Torres Aguirre. p. III.

Mercedes Cabello de Carbonera y su mundo. Una lectura cuidadosa del capítulo II (tercera parte) nos permite seguir la trayectoria –en el Perú–, de la obra *Sacrificio y recompensa,* cuya aparición está ligada al concurso que convocara el *Ateneo de Lima* en 1886. Las bases de este concurso se lanzaron en enero y estipulaban que los premios se conferirían el 1 de agosto de ese año. Sin embargo, los premios fueron aplazados hasta septiembre, y el 15 de ese mes el *Ateneo de Lima* le otorgó la Medalla de Oro a la novela *Sacrificio y recompensa* (Pinto, 460). De estos datos, sería entonces válido inferir que Cabello mandó el manuscrito entre enero y agosto de 1886. Asimismo, en carta fechada el 8 de julio de 1886 encontramos como la propia autora hace partícipe a Ricardo Palma del envío de su novela al concurso.[6]

> Mi buen amigo:
> Mando mi novela al concurso. Creo innecesario el secreto para U. que es un catador de estilos, y además conoce mi libro. Mucho temo que por carecer de sabor nacional, no sea *Sacrificio y recompensa* del gusto de U. ni de los otros señores del jurado, pero como no se determinó el género de novela que debía premiarse, mando esta y la dejo que corra su suerte. (Citado en Moreano, 32)

Como mencionamos anteriormente, Cabello no sólo hizo circular sus novelas en Perú sino también lo hizo en el extranjero, quizá por temor a ser rechazada por los intelectuales de la época puesto que sus obras, de corte realista, desagradaban a los lectores acostumbrados a una dieta literaria romántica:

> Cabello conoce esta preferencia y, para prevenir la reprobación de la academia, escribe la novela *Eleodora*, a partir del argumento de una de las tradiciones de Ricardo Palma, «Amor de Madre» [...] Para la publicación, la escritora no piensa en el medio peruano, [...] y la envía a la revista parisina *El Correo de Ultramar*, que no llega a editarla debido al cierre de la publicación en los primeros meses de 1886. (Moreano, 34)[7]

Si bien *Eleodora* no es ni la primera ni la segunda novela en discusión, es relevante notar que Cabello intentó publicarla en la revista

---

6   La carta a la que hacemos mención está citada en *La literatura heredada...* de Cecilia Moreano (p. 35). La carta original, según Moreano, se encuentra en la Biblioteca Nacional de Lima.

7   Citado en la nota # 133: «Esta información la da la propia Cabello a Palma: 'La que le dediqué a U. [la novela Eleodora], la veremos pronto, no habiéndose publicado antes por haberse suprimido *El Correo de Ultramar* a donde la mandé'» (Fragmento de la carta enviada a Palma fechada en Lima, 22 de julio de 1886. Se conserva en la Biblioteca Nacional del Perú, p. 57).

francesa, que la mandó quizás en los primeros meses de 1886 o inclusive en 1885, y que esos años significaron un período en que la autora trabajó simultáneamente en más de una novela. Pese a que *Eleodora* no se publica en primera instancia en Francia, se publicará por entregas en el Boletín del *Ateneo de Lima* en 1887, revista de la que Ricardo Palma era editor, y también en un periódico literario de Madrid. El mismo Palma en la presentación escribe:

> La novela de la distinguida y laureada escritora doña Mercedes Cabello de Carbonera, a cuya publicación damos hoy principio en las páginas del Ateneo acaba de aparecer engalanando, como folletín, las columnas de un periódico literario de Madrid, mereciendo justos elogios de los literatos españoles. A nuestro juicio, *Eleodora* es una de las más correctas e intencionadas novelas que han salido de la elegante pluma de la aplaudida autora de *Sacrificio y recompensa*. (Citado en Moreano, 37)

El prestigio que Cabello de Carbonera adquiere con su novelística le permite presentar más de una novela en su país y en el extranjero. El *modus operandi* que utiliza la autora para publicar en el extranjero, tal y como lo hemos demostrado con *Eleodora* en Francia y España, y *Sacrificio y recompensa* en Perú constituye un antecedente que nos lleva a afirmar que Cabello de Carbonera seguramente obró de la misma manera con *Los amores de Hortensia*; esto validaría entonces la hipótesis de Ismael Pinto Vargas quien afirma que *Los amores de Hortensia* sin duda se publicó primero en *El Correo de Ultramar* de París posiblemente entre 1885 y principios de 1886.[8]

Como lo hemos mencionado anteriormente, durante nuestra investigación nos fue imposible hallar dicha publicación en *El Correo de Ultramar*.[9] Empero, la referencia en la sección «Crónica» de *La Nación* del 8 de julio de 1887 que presenta Pinto corrobora su aserción sobre la existencia de esta publicación y nos acerca a la elucidación de «El misterio de la primera novela» al que se refiere Pinto Vargas: «[...] nos pidieron que diésemos como folletín una novela de la señora Cabello de Carbonera, titulada *Los amores de Hortensia,* que ha merecido los honores de la publicación en las columnas de *El Correo de*

---

8   Tuvimos la oportunidad de entrevistar al Profesor Ismael Pinto Vargas el 9 de julio del año 2007 en la sede de la Universidad de San Martín de Porres. Ahí nos confirmó que a pesar que no tenía un ejemplar de la publicación de *Los amores de Hortensia* en *El Correo de Ultramar*, la primera edición de la novela se publicó en París y no en Lima. Para una explicación más detallada sobre «El misterio de la primera novela» ver las páginas 493-96 de su libro *Sin perdón y sin olvido*.

9   Ver nuestra nota editorial.

Ultramar [...]» (Citado en Pinto, 494). Sumado a esta prueba, hallamos un documento que ha pasado desapercibido. Se trata de una de las misivas entre la autora y Ricardo Palma que debe considerarse como prueba fehaciente de una previa publicación en el extranjero de *Los amores de Hortensia*. La correspondencia data del 22 de julio de 1886. En esta oportunidad, expresa su preocupación sobre la posibilidad de retirar del concurso del *Ateneo de Lima* su novela *Sacrificio y recompensa*: «[¿] No cree U. ahora más conveniente que antes, retirar *Sacrificio y recompensa* que es la mía? Por lo mismo que no he publicado *aquí*[10] ninguna novela, [...]» (Citado en Moreano, 35). La importancia de esta carta yace en el hecho que es la misma Cabello de Carbonera quien afirma que *aquí*, refiriéndose a Lima, antes de su novela *Sacrificio y recompensa*, no había publicado ninguna otra novela en el Perú, dejando abierta la posibilidad de una publicación previa en el extranjero. Por eso, como lo señalamos al empezar este recorrido cronológico entre las dos novelas, resulta imprescindible analizar la trayectoria de ambas paralelamente y en ambos planos: el nacional y el internacional, pues sólo así, podemos concluir que a pesar de no contar físicamente con la primera edición de *Los amores de Hortensia* en *El Correo de Ultramar* podemos reafirmar -como lo ha dicho su propia autora-, que ésta fue, con certeza, su primera novela.

No cabe duda que las ediciones publicadas en Lima no salieron hasta el año 1887. La publicación de la Imprenta de Torres Aguirre siguió a la publicación en *La Nación,* donde la novela apareció por entregas desde el 13 de julio hasta el 11 de agosto de ese año. Es por tanto innegable que en Perú no se supo de esta novela hasta esa fecha, y por ende la recepción de *Los amores de Hortensia* tuvo de preámbulo la ya galardonada *Sacrificio y recompensa* (1886). Sin embargo, como lo hemos señalado anteriormente, en la sección «Crónica» de *La Nación* (8 de julio de 1887) sí hubo referencias a la publicación previa en la revista parisina (Pinto, 494). También las hubo en la sección «Bibliografía» donde don Abel de la E. Delgado de la Flor, del *Perú Ilustrado,* refiriéndose a algunos artículos sobre *Sacrificio y recompensa,* aludía a una novela previa de Cabello: «[...] desde hace ya mucho tiempo, es harto conocido el mérito de las obras literarias de la autora de *Los amores de Hortensia*, y de muchos artículos sobre educación

---

10   Las itálicas de la palabra *«aquí»* son nuestras.

social de la mujer, cuyos trabajos han merecido [...] el unánime
aplauso de distinguidos escritores europeos y americanos» (Citado en
Pinto, 478).[11] Si bien resulta obvio que la documentación histórica
sobre la publicación de *Los amores de Hortensia* en Lima no se registra
hasta 1887, podemos establecer con certeza que la autora peruana -
entre los años 1885 y 1887- se dedicó a escribir más de una novela y
mandó sus manuscritos a revistas nacionales e internacionales, como
se ha demostrado con la novela *Eleodora*. En el caso de *Los amores de
Hortensia* si bien alcanzó a publicarse antes del cierre de *El Correo de
Ultramar* (a principios de 1886) en París, esta primera edición no alcanzó a llegar al Perú antes de que *Sacrificio y recompensa* fuera
lanzada en Lima en 1886; esto explicaría el porqué «aquí», en Lima,
Sacrificio y recompensa fue la primera novela, y aclararía el porqué de
la aseveración de la propia autora al reconocer a *Los amores de Hortensia* como su primera novela en su agradecimiento a Juana Manuela
Gorriti.

«UNA HISTORIA CONTEMPORÁNEA»: VESTIGIOS ROMÁNTICOS Y TENDENCIAS NATURALISTAS

Aunque la retórica romántica se halla todavía vigente en *Los
amores de Hortensia*, el compromiso de la autora con los problemas sociales a través de un discurso realista la distingue de la literatura de
corte netamente romántico. El subtítulo de la novela, «Historia contemporánea», la inserta de lleno en la tradición del relato realista con
tendencias moralizantes.[12] La historia de Hortensia, una joven mal
casada, virtuosa, bella e inteligente, está levemente emparentada con
la de Emma Bovary; indudablemente, la influencia de los maestros
Balzac y Flaubert dejaron su impronta en la novelística y en el pensamiento de Cabello de Carbonera.[13] La tensión entre la aversión y
la atracción de la autora por el naturalismo enarbolado por Emile
Zola se hace presente en esta primera obra en un sentido laxo a nivel
de la temática general: una sociedad pervertida por valores falsos

---

11 Publicado en el *Perú Ilustrado* el 9 de julio de 1887.
12 Para una discusión sobre la ambivalente adherencia de Cabello a las corrientes realistas y naturalistas, ver el excelente artículo de Oswaldo Voysest, «El naturalismo de Mercedes Cabello de Carbonera: un ideario ecléctico y de compromiso».
13 El parentesco con la trágica Emma Bovary ha sido mencionado ya por la crítica, pero no se le ha otorgado un estudio profundizado hasta ahora. Queda entonces para el futuro un análisis de los personajes y su contexto.

donde la mujer carece de independencia económica, y por lo tanto, de libertad, y paga con su vida la osadía de ir contra las normas de esa sociedad que la condena al pecado. Los personajes de Hortensia y Alfredo deambulan peligrosamente en una Lima vista desde una lente positivista con tendencias naturalistas. Los amantes poseen las virtudes de los héroes románticos, vestigios de un pasado todavía cercano pero que ya no opera en el despiadado ambiente capitalista de la sociedad limeña que los acecha. Es de notar que en los capítulos dedicados a los inicios de la relación entre Alfredo Salas y Hortensia (Capítulos V a XII), Cabello de Carbonera otorga a sus personajes aquellos atributos netamente románticos de la literatura en boga, pero los inserta en un medio altamente hostil a sus espirituales y exaltados ideales. La narradora interviene directamente en la narrativa y hace hablar a los allegados de Alfredo, o al mundillo que se arremolina en la Calle de Mercaderes para criticar y juzgar el anacronismo de los ideales amorosos de los amantes en esa Lima de valores en fluc-tuación. Apenas perceptible, la ironía se desgaja de las líneas que le dedica a la espiritualidad del amor de Alfredo y que prefiguran, en su hiperbólica esencia, el final:

> Y vosotros, los que vivís en el fango de las pasiones y en la satis-facción grosera del amor, reíos cuanto gusteis del hombre que, como Alfredo, se aleja del lado de su amada dejando inmaculada su virtud.
> Nosotros solo diremos: Alfredo vivía en una región superior. (60)

Las groseras y maledicientes discusiones sobre la vida privada de Hortensia, y por extensión de las mujeres en general, sirven de con-trapunto a la nobleza de los sentimientos de los jóvenes amantes y revelan al mismo tiempo, la vulgaridad de la época y la disonancia ética de los valores de Alfredo, haciendo algunas salvedades, y Hor-tensia con respecto a su sociedad: «—¡Ay, hijo! ese idealismo no te duraría sino en tanto que vieras de lejos á tu ídolo, contestó con sar-cástica sonrisa uno de los presentes. Además, los amores ideales son muy bellos escritos, pero muy insípidos en la práctica» (19). El desgaje entre personaje romántico y medioambiente en plena ebullición ca-pitalista reflejado en la obra de Cabello de Carbonera, se convierte en un laboratorio de estudio de ese «intermezzo» tanto artístico-literario del romanticismo al realismo naturalista, como del momento cultural, político-económico por el cual está navegando el Perú. Por ello, *Los amores de Hortensia*, puede y debe ser analizada como parcela de la producción de la literatura realista de tendencia naturalista cuya propiedad singular sería la tensión entre el personaje adornado de cualidades románticas y poseedor de convicciones feministas y la sociedad materialista y patriarcal. La «disección» del caso de Hortensia provee a la autora la oportunidad de eviscerar esa sociedad hipócrita y materialista que intentó borrar el homicidio sin castigo de la joven, cuyo pecado no fue la infidelidad sino el matrimonio por conveniencia.

La autora creó en Hortensia un personaje atrayente por sus valores tanto intelectuales, morales como físicos, y lo ubicó en el medioambiente corrupto de la sociedad limeña de la época. Desde esta obra temprana, Cabello de Carbonera lanza su desafío a una sociedad enferma, materialista e intolerante, cuyas instituciones patriarcales conducirán al desenlace trágico de Hortensia. La novela constituye un texto ameno y precursor de la temática feminista-social presente en muchos de los personajes femeninos en la obra posterior de Mercedes Cabello de Carbonera.

¿Quién fue Hortensia?

Para conferir una nota de marcado realismo a su narrativa, y siguiendo los dictámenes naturalistas, según los cuales las obras nacen directamente de la vida humana, Cabello de Carbonera recurre a dos técnicas literarias que pretenden borrar los límites entre la ficción y la realidad. Yuxtapone de este modo la técnica del *roman à clef* al marco narrativo de la novela escrita a pedido de un amigo que posee abundante información o material para el escritor. Por una parte, se encubren bajo los nombres ficticios, personalidades fácilmente reconocibles dentro de ciertos ámbitos. Por otra, la obra existiría entonces por encargo de un amigo que aduce los valores moralizantes de la vida de esta limeña volcada a la ficción, y quien añade:

—Quiero que escriba U. esa historia, porque creo que la sociedad avanza más en el conocimiento del mundo y en la experiencia de la vida, con la narración verídica de las impresiones y de las luchas que sostuvo un corazón ardiente y apasionado que con las leyendas fantásticas é inverosímiles de que nos vemos plagados. (1)

Por voz de este amigo anónimo, la autora sella su deuda con los grandes escritores realistas y naturalistas quienes recrean pueblos, villorrios, ciudades y mundos en la página invocando ya sea una sutil crítica ya sea una feroz diatriba que los ennoblece y los convierte, de alguna manera, en artífices de la nueva sociedad. Pues, la obra del escritor realista/naturalista va más allá de la literatura, y se asemeja a ese espejo ambulante que refleja lo que va «viendo» para que las imágenes provean el material inquisitivo, motivo de análisis y esperanza de mejora para la sociedad del futuro. Sobre estas bases, Cabello de Carbonera sienta su obra novelística que corre paralela a su pensamiento filosófico, articulado en la ensayística como lo ha señalado la crítica.[14]

El primer capítulo de la novela, titulado, «Quien era Hortensia?», encierra la trama, la temática, el objetivo moralizante, el principio y el fin de la vida y de la historia de Hortensia. Cabello de Carbonera parece indicar que esta vida y esta muerte que han pasado como un fulgurante *fait divers*, un inicial escándalo pronto olvidado y silenciado por aquéllos deseosos de no enfrentarse a su conciencia, pueden ser narrados brevemente, anodinamente como lo indica su propio personaje-narrador en la novela: «Paréceme que tiene poca novedad, y la creo de escaso interés» (1). Sin embargo, indagar en el corazón y en el alma de los personajes, como lo hacen Balzac y Flaubert, es la tarea del novelista y con más razón abordarla cuando se trata del corazón de una mujer de mérito perteneciente a la aristocracia limeña: «Es verdad que puede tener el interés que inspira una verídica historia, ya que los novelistas nos forjan tantas sin más fin que dar pábulo á su imaginación» (1). Como lectores de esta vida narrada desde su fin, el desenlace no nos es desconocido: la heroína ha muerto. Cabello de Carbonera está interesada en el por qué y en el cómo; no en el hecho mismo, en el grotesco homicidio, sino en la serie de acontecimientos, nimiedades y circunstancias que lo desencadenaron. Su labor detectivesca la lleva a alejar sus pasos de la escena del crimen pasional

---

14   Los estudios de Nancy La Greca, Mónica Cárdenas, María Nelly Goswitz, más recientemente, ubican la ensayística de Cabello de Carbonera como la propulsora y la aliada de su ficción, estudiando los enlaces entre una y otra.

hacia el verdadero misterio y los verdaderos culpables a los que se referirá a través de la novela por medio de los discursos, el diario y los pensamientos de su protagonista. Lo que la autora pone en tela de juicio es el papel de la sociedad en el homicidio de Hortensia y en los inevitables prejuicios y creencias que llevan a todos los actores del drama a cumplir con sus roles.

Las trampas del matrimonio

Cabello de Carbonera utiliza la voz de Hortensia, erigida en oradora del siglo diecinueve, en defensa de los derechos de la mujer ante las iniquidades perpetradas contra su género por las instituciones patriarcales y la sistemática adoración de las riquezas materiales. Como lo señala Mónica Cárdenas Moreno en su estudio, «La fisiología del matrimonio en el Perú decimonónico según la obra de Mercedes Cabello de Carbonera»,[15] la influencia de la obra de Balzac sobre el pensamiento y la obra de Cabello de Carbonera se aglutina desde la primera novela en el personaje de Hortensia, portavoz de las ideas propuestas por el escritor francés y tamizadas por la pluma de la autora peruana. Es de notar que el «simpático nombre» que se le da al personaje de Hortensia para encubrir la identidad de la limeña, no es un nombre tomado al azar. Si bien, es nombre de flor, no es por tanto una flor delicada, sino una planta que se convierte en macizo, arbusto o árbol de formidables proporciones y de duradera vida. Hortensia, también, recuerda la oradora y sabia matrona romana que mediante su docta oratoria convenció al senado de no asignar costosos impuestos a las mujeres de la elite romana para solventar las onerosas guerras. La escritora peruana, le asigna a su personaje cualidades propiamente femeninas para su siglo y adecuadas al papel de heroína romántica: «Hortensia era de esas mujeres de imaginación soñadora y alma ardiente» (2). La sensibilidad de la jovencita de catorce años va ir evolucionando hasta convertirse en un ser superior, no ya sólo por sus encantos físicos sino por los singulares atributos que la hacen destacarse entre las demás mujeres: «La delicadeza en el decir, su nobleza en el pensar, la ternura de sus sentimientos y

---

15		Ver sobretodo páginas 156-59, donde Cárdenas expone las ideas de Balzac y resume los cinco puntos principales del pensamiento de Cabello de Carbonera sobre el matrimonio.

la vehemencia de sus emociones, dábanla un sello que la distinguía de la generalidad de las mujeres» (4). Sin embargo, la dueña de tantas perfecciones acusa una grave falla trágica: su ambición de volver a vivir en Lima la induce a un matrimonio por conveniencia y sin amor. La culpa de haberse casado por interés es señalada primero en el texto por la narradora, y luego saldrá de los labios de Hortensia y de Alfredo como un *leitmotiv* que anunciará la tragedia final. La narradora censura el proceder de Hortensia y lo compara a la situación de Lima:

> Lima era por entonces la voluptuosa bacante que livaba el placer en la copa de oro eternamente renovada por los inmensos caudales que los gobiernos derrochaban con loca imprevisión. El oro corruptor de las conciencias y de las costumbres fluía en vertiginosa corriente para convertirse siempre en lujo y placeres. Lima, por consiguiente, tenía que ser un paraíso de ventura para las imaginaciones fantásticas y los caracteres ambiciosos como el de Hortensia. (8)

En «Escritura femenina y discurso bélico en el Perú decimonónico. Héroes y heroínas en la obra de Teresa González de Fanning y Mercedes Cabello de Carbonera», Mónica Cárdenas Moreno explora el conflicto bélico y su representación literaria en las dos autoras mencionadas. Según Cárdenas, el final trágico revela el carácter de denuncia de la novela de Carbonera. La protagonista y la ciudad se convierten en personajes que sufren las consecuencias de una sociedad frívola y materialista que en la primera instancia, condiciona a la mujer a buscar su felicidad en el alcance de una posición social mediante el matrimonio, y en el segundo, condiciona a los miembros de la sociedad a acumular las riquezas rápidamente adquiridas, impidiendo el desarrollo económico a largo plazo y la independencia de los intereses extranjeros. Mujer y sociedad comparten un mismo destino libradas a los extravíos de las instituciones patriarcales y del capitalismo oportunista.

Más tarde, Hortensia escribe una carta a una amiga a punto de contraer nupcias tratando de disuadirla: «Si es posible, no te cases; si no hay remedio, cásate cuando estés loca de amor por un hombre de verdadero mérito. ¡Ah! entonces el matrimonio puede ser un paraíso que dure... un poco de tiempo» (14). La transformación que se ha operado en Hortensia proviene de las decepciones sufridas desde los primeros días de su matrimonio y de la carta que recibe de la antigua amante de su esposo, ahora abandonada por éste con un hijo pequeño y otro en camino. La utilización de las epístolas en la narrativa adquiere un valor especial ya que sirven no sólo de motor de la trama, sino de vehículo conductor de las ideas de Cabello de Carbonera.[16]

Cabello introduce la idea del matrimonio entre iguales, unión de corte republicano: «Necesitaba ya que no amar, estimar á su esposo, considerándolo si no su superior, su igual» (14). La unión debe estar basada en el mutuo respeto, en especial si la unión carece de amor. Montalvo, el marido disipado y egoísta no cumple con su parte del contrato matrimonial en tanto que personaje romántico y hombre republicano. Sólo sabe cumplir con las necesidades materiales de Hortensia y falla en su lectura de la situación. Hortensia cada vez más alienada, se aleja de él para refugiarse en el arte: «Después de dejar la pluma se fue al piano y tocó algo triste, apasionado, dulce en armonía, con las impresiones que agitaban su alma» (24). Las expresiones exteriores de su tristeza: la escritura y la música representan dos actividades del intelecto unidas a la emoción del ser romántico que la separan aún más del hombre con quien comparte su vida. Todo se halla en el lugar propicio para engendrar el drama con la llegada inesperada de Alfredo Salas y su pedido inocente de algunos poemas de la pluma de Hortensia.

Una doble traición

Tras el romance apasionado entre los dos jóvenes, el cual pasa desapercibido por el disoluto marido quien apenas para en su casa entre trasnochadas y bellaquerías, la narradora hace uso de los tropos románticos del viaje para olvidar el desencanto amoroso, y del cuerpo enfermo, resultado del corazón herido:

> Después de aquel día en que vió partir á Alfredo, Hortensia tuvo fiebre, delirio, se temió por su vida, amenazada por horrible ataque cerebral. Contra las predicciones de los médicos, no pudo restablecer su quebrantada salud, ni en la aristocrática villa de Chorrillos, ni bajo las umbrosas arboledas del poético Miraflores. (71)

---

16   Sobre este tema, ver el artículo de María Nelly Goswitz, «Del veintiuno al diecinueve: Descodificando el trazo femenino en la novela *Los amores de Hortensia*».

La angustiosa enfermedad que mina la salud corporal de la joven tiene su causa en el sufrimiento amoroso, de allí que ni médicos ni medicinas puedan aliviarla. Como otros héroes y heroínas románticos anteriores, Hortensia parte con su marido seis meses hacia el interior del Perú en un viaje en pos de su salud física y espiritual, sin nunca hallarlas pues la causa de su mal reside desde algún tiempo en Estados Unidos. Si bien el personaje de *Peregrinaciones de una alma triste* (1876) de Juana Manuela Gorriti, Laura, logra vencer su enfermedad física a través del viaje por la geografía suramericana para concluir en Europa su trayecto existencial,[17] Hortensia hace del viaje el teatro de su sufrimiento, y como artista vuelca a la página en su libro de memorias el impacto de esa naturaleza americana majestuosa sobre su sensibilidad atormentada por la ausencia del amado:

> He recorrido todos los parajes mas bellos y majestuosos de esta hermosa tierra del Perú.
> En todas partes, ya fuera sobre la cumbre de los nevados Andes, en medio á la terrorífica tempestad, ó ya en las márgenes del imponente y caudaloso Amazonas, en todas partes sentía mis penas, ya acariciada por el dulce soplo del ambiente perfumado de las flores, ya perdida entre los vírgenes bosques del Amazonas, entre setos y cañaverales de lujurienta vegetación, en todas partes y por doquier sentía el vacío del corazón y la soledad del alma, que hacíanme exclamar:
> —*El no está aquí.* (72)

Hortensia como sensible alma romántica, a partir del viaje como posible evasión de su tristeza y sufrimiento, percibe en la naturaleza americana un espejo de los tormentos interiores: «Si he buscado la tempestad; si desafié el rayo y mi planta holló las altas cumbres del imponente y majestuoso Místi, fue porque en todas partes buscaba tempestades que acallaran las tempestades del corazón, y abismos que contrastaran los abismos de mi desgracia» (73).

No obstante su recurrir a tan manidos tropos, la narradora des-

---

17   Traemos a colación el relato de Gorriti aparecido primero en *Panoramas de la vida* (1876) no sólo para ilustrar el tropo del viaje en la literatura femenina romántica decimonónica, sino también para contrastar la postura feminista entre los personajes. Hortensia y Laura comparten singulares atributos feministas otorgados por las autoras quienes usan el portavoz de los personajes para proponer una visión de la mujer republicana en ciernes. Ahora bien, Hortensia se halla por su estatus social, por su condición de mujer casada, atada a estrictas reglas de conducta que en definitiva la llevarán a un predecible fin. Laura, por otra parte, escapa el medioambiente limeño y se conduce como individuo libre y agente de su propio destino, concluyendo la obra en un final abierto sobre su salud y su rencuentro con ese marido apenas nombrado en Europa.

pliega un interés diverso al de sus congéneres románticos al conferir a su heroína una línea de pensamiento racional de corte feminista, que si bien se halla contaminado por la culpa católica, se alza por momentos, desafiante ante la sociedad que la condena. Hortensia, ante la llegada de Alfredo luego de un año de ausencia, presa de felicidad y al mismo tiempo de recelo, razona así:

> —¿Qué es lo que estoy obligada á darle á mi esposo?
> No es el amor, puesto que ni él lo reclama, ni caso que lo tuviera, sabría retornármelo: tampoco es el deber lo que debe esclavizarme, pues que los deberes deben ser recíprocos y él falta á todos los suyos: mis deberes hoy se refieren mas á guardar los respetos debidos á la sociedad en que vivo que á los deberes íntimos de mi vida conyugal; y la sociedad se contenta con las apariencias mas que con la realidad. (79)

Hortensia condena tanto a nivel individual (su esposo) como a nivel social (la sociedad limeña) la falta de respeto y responsabilidad mutuas, bases del matrimonio y de una sociedad moderna y justa. Luego de años de una vida disipada y una total indiferencia hacia su mujer, el señor Montalvo renuncia a sus «tunanterías» al sentir la amenaza de otro hombre interesado en su «pertenencia». La fiel criada, Antonia, advierte a Hortensia sobre la duplicidad engañosa de los hombres en general y predice la tragedia: «—No se fie U., señorita, de los cariños del señor, los hombres son muy traidores, muchas veces halagan para dar mejor el golpe que meditan» (80).

Cabello de Carbonera separa la sociedad y sus personajes a partir de dos perspectivas, de dos visiones antagónicas basadas en los privilegios de género y de clase. Por una parte, Hortensia, Margarita Ramos, la joven madre de los dos hijos ilegítimos de Montalvo, y la criada Antonia, por su género y su condición subordinada pertenecen a un grupo dominado por las acciones aleatorias o caprichosas de Montalvo o Alfredo Salas. Por otra parte, los hombres como Montalvo asientan su poder en los derechos otorgados a su sexo:

> —El hombre tiene derecho para todo, tanto para lo malo como para lo bueno; si así no fuera, dejaría de ser hombre. La mujer no tiene ningún derecho, á no ser el de pedirle á Dios consuelo. ¿Qué seria de la familia y de la sociedad si porque á un hombre le da en gana de vivir alejado de su mujer, ya sea para jugar, beber ó enamorar tambien ella tuviera el derecho de llevar á su lado al amante que debe

reemplazar al marido? Previendo esto sin duda, es que las leyes autorizan con la impunidad la muerte de la mujer culpable. (88-89)

El desenlace trágico se desarrolla rápidamente en el «Cerro de las
delicias», apto e irónico nombre del lugar de los encuentros entre los
amantes donde Montalvo descarga un tiro sobre el pecho de su esposa
y ésta expira en brazos de Alfredo deseándole felicidad.

La narradora retoma la voz para concluir con pesadumbre e ironía
que el amor de Alfredo debe haber sido bien pobre pues él se casa,
unos pocos meses después, con una: «jóven rica heredera, hija de un
gran agiotista que había allegado su opulenta fortuna, estafando á los
ricos y oprimiendo á los pobres....» (97). El fracaso amoroso que encierra la dramática historia de Hortensia funciona a dos niveles: el
personal con la traición de ambos hombres con respecto a la esposa y
a la amada, y a nivel social, con el matrimonio del «poeta» Alfredo
con la heredera de una fortuna mal habida, y la pantomima judicial
ante el homicidio que no será castigado. La narradora retoma el hilo
de los acontecimientos luego de la muerte de Hortensia y concluye la
narración con la huida de Montalvo: «Pocos días despues partió para
Europa, á consolarse de sus penas, decían sus amigos; á buscar el
olvido de su crimen, diremos nosotros» (98). Si al leer las últimas palabras retomamos, como nos incita a hacerlo la narradora, el inicio
de la trágica historia, volvemos al juicio del amigo que apremia a la
narradora a relatar la historia de Hortensia puesto que «la sociedad
avanza más en el conocimiento del mundo y en la experiencia de la
vida, con la narración verídica de las impresiones y de las luchas que
sostuvo un corazón ardiente y apasionado...» (1). La novela constituye
de esta manera un relato moralizante a partir del análisis minucioso
de un caso verídico, el cual a instancias del desengaño y del fracaso
extrae la enseñanza. El caso explorado en la ficción cumple la función
de advertir a las mujeres sobre los peligros del matrimonio sin amor
y por conveniencia, y condena la sociedad patriarcal que fertiliza este
tipo de uniones y debilita las posibilidades de una sociedad republicana donde el matrimonio esté fundamentado en el respeto mutuo
y las responsabilidades compartidas.

APUNTES BIOGRÁFICOS DE MERCEDES CABELLO DE CARBONERA

La merecida atención que en el siglo veintiuno viene otorgándole la crítica literaria a la escritora Juana Mercedes Cabello Llosa, más conocida como Mercedes Cabello de Carbonera, ha dejado atrás el injusto relego al que ésta fuera condenada en el siglo pasado. Es alentador comprobar que en el año 2009 su nombre y su obra fueron homenajeadas en coloquios y simposios nacionales e internacionales por conmemorarse los 100 años de su fallecimiento.[18] Más aún, resulta sumamente gratificante encontrar que muchas de sus obras han sido ya incorporadas a los currículos universitarios de literatura decimonónica latinoamericana, y también han sido materia de estudio de disertaciones internacionales y nacionales (Ferreira, González-Muntaner, La Greca, Cárdenas).

Como bien lo afirmara el escritor huancaíno Carlos Parra del Riego en 1920, el resurgimiento de su legado como pionera de la novela peruana se vislumbraba en el horizonte literario: «Con las primeras hojas del Otoño, nos vienen los recuerdos y las melancolías. Por eso me acuerdo de vos, señora doña Mercedes Cabello de Carbonera. [...] No os apenéis, pues, si os hemos olvidado. Mañana el poeta exhumará vuestro recuerdo de entre la crítica pedante de los profesores, y os dirá su rosario de líricos versos. Creedme a mí, señora» (Parra del Riego, citado en Pinto, 38).[19]

Una labor encomiable por hacer realidad lo que vislumbró Parra del Riego en 1920 es la que Ismael Pinto Vargas realizó al entregar en el año 2003 la más completa y esclarecedora biografía sobre la vida y obra de Mercedes Cabello de Carbonera. Con la publicación de *Sin*

---

18 En el año 2009 tuvimos el honor de organizar en nuestra sede universitaria, California State University, Long Beach junto con el patrocinio de la Facultad de Ciencias de la Comunicación de la Universidad San Martín de Porres, Lima, Perú, el coloquio académico: «Cien años después: la literatura de mujeres en América Latina. El legado de Mercedes Cabello de Carbonera y Clorinda Matto de Turner». Asimismo, Sara Beatriz Guardia a través de su Centro de Estudios de la Mujer en América Latina (CEMHAL) organizó ese mismo año el «Seminario Escritoras del Siglo XIX en América Latina», e Ismael Pinto Vargas en octubre cerró el ciclo de conmemoraciones con el «Primer Simposium Internacional: Mercedes Cabello de Carbonera y su tiempo».

19 Carlos Parra del Riego publicó el 4 de mayo de 1920 en la Revista *Mundial* en la sección «Figuras de ayer» un artículo que dedica a Mercedes Cabello de Carbonera y que Pinto anexa en su libro *Sin perdón y sin olvido* (pp. 38-39).

perdón y sin olvido. Mercedes Cabello de Carbonera y su tiempo, Pinto ha contribuido en gran medida a una revaluación crítica exhaustiva de la autora y de su obra.

Un dato que en los últimos trabajos sobre la escritora peruana se ha corregido gracias a la publicación de Ismael Pinto es el año del onomástico de doña Mercedes, el cual acaeció el 17 de febrero de 1842. Aporte significativo, puesto que desde la publicación de *Perú en trance de novela* de Augusto Tamayo Vargas, la crítica nacional e internacional reiteraba en sus biografías el año erróneo que proporcionó Tamayo en 1940 (1845).

Sobre la formación educativa de Cabello sabemos que la escritora moqueguana perteneció a una elite social y cultural privilegiada, y tuvo acceso a la biblioteca personal de su padre y de su tío, quienes a su vez fueron educados en Francia. Al trasladarse su familia a Lima en 1864, Mercedes Cabello lejos de dejarse intimidar por la elite intelectual de la ciudad siguió desarrollándose intelectualmente.[20] Dos años más tarde, contrajo matrimonio con el doctor Urbano Carbonera con el que compartió su vida hasta 1879, año en que éste la deja para recluirse en la ciudad de Chincha donde muere en 1885.

Se sabe muy poco de su vida matrimonial; lo cierto es que estando todavía casada Cabello de Carbonera publicó sus primeros trabajos en prosa y en verso con el pseudónimo de MC: «La linterna májica» en 1872 y «Limosna» en 1874 (Pinto, 135-36). En 1874, bajo su propio nombre publicó su primer ensayo titulado «La influencia de la mujer en la civilización»[21] donde revela su postura feminista y propugna su defensa a favor de la educación de la mujer finisecular, y a partir de 1876 se vuelve una asidua participante de las veladas literarias de Juana Manuela Gorriti.

La labor fundacional de la obra de Mercedes Cabello de Carbonera se encuentra en su novelística que data desde 1886 a 1892. Cabello, escritora comprometida con la época que le tocó vivir, delinea en sus novelas lo que ella, por medio de la crítica social, quiere dejar como legado y enseñanza al pueblo peruano y a la sociedad limeña en particular. A pesar que recibió halagos y premios por su novelística fue también víctima del odio de sus contemporáneos; sin embargo, así

---

20   Ismael Pinto Vargas se vale de los testigos del matrimonio de Cabello para establecer la fecha de su llegada a Lima en 1864. Ver *Sin perdón*, (pp. 127-31).

21   La más reciente compilación de su ensayística es la publicada por el profesor Carlos Cornejo Quesada, incluida en nuestra bibliografía. Cabe aclarar que la primera parte de este ensayo lo firma con el seudónimo de Enriqueta Pradel.

como unos cuantos letrados peruanos la han ignorado, muchos de ellos la han consagrado como la precursora de la novela peruana (realista-naturalista-social). Como bien lo ha afirmado Castro Arenas, la posición de narrador omnisciente que adopta la autora en sus novelas la perjudicó, pero también la mostró como una escritora comprometida ante la problemática social y moral de su tiempo (98). Y, si a esto se suma lo que afirmará Luis Alberto Sánchez (1103) sobre su mérito de escribir novelas realistas en un medio aún dominado por el eco romántico, se puede entender el porqué del rechazo hacia su persona por parte de la elite letrada peruana.

Del infortunio de los últimos años de su vida sólo diremos que transcurrieron en el Manicomio del Cercado de Lima y que Mercedes Cabello de Carbonera dejó de existir el 12 de octubre de 1909.

OBRAS SELECTAS DE LA AUTORA

Cabello de Carbonera, Mercedes. *Los amores de Hortensia (Historia contemporánea)*.

_____. (188?). *Paris: El Correo de Ultramar*.

_____. (1887). *Lima: La Nación*.

_____. (1887). *Lima: Imprenta de Torres Aguirre*.

_____. (1886). *Sacrificio y recompensa*. Lima: Imprenta de Torres Aguirre.

_____. (1887). *Eleodora*. Lima: *El Ateneo de Lima*.

_____. (1889). *Blanca Sol. (Novela social)*. Lima: Imprenta de Torres Aguirre, 1ra ed.

_____. (1889). *Las consecuencias*. Lima: Imprenta de Torres Aguirre.

_____. (1892). *La novela moderna. Estudio filosófico*. Lima: Tipografía de Bacigalupi y CIA.

_____. (1892). *El conspirador*. Autobiografía de un hombre público. Novela político-social. Lima: Imprenta de Torres Aguirre.

_____. (1893). *La religión de la humanidad*. Lima: Imprenta de Torres Aguirre.

_____. (1894). *El conde León Tolstoy*. Lima: Imprenta de *El Diario Judicial*.

Obras consultadas y lectura adicional

Alvarez Vita, Juan. *Diccionario de Peruanismos. El habla castellana.* Lima: Centro de Investigación-Fondo Editorial, Universidad Alas Peruanas. Segunda Edición, 2009.

Arambel Guiñazú, María C. /Martin, Claire E. *Las mujeres toman la palabra: Escritura femenina del siglo XIX.* Tomo I y II. Madrid: Iberoamericana, 2001.

Canepa, Gina. «Escritoras y vida pública en el siglo XIX. Liberalismo y alegoría nacional.» En: *América Latina: palavra, literatura e cultura.* Sao Paulo, 1993, 2, 269-81.

Cárdenas, Mónica. «La fisiología del matrimonio en el Perú decimonónico.» En: Pinto, Ismael (ed.). *Primer Simposium Internacional Mercedes Cabello de Carbonera y su mundo.* Lima: Instituto de Investigaciones de la Universidad de San Martín de Porres, 2010, pp. 155-70.

_____. «Escritura femenina y discurso bélico en el Perú decimonónico. Héroes y heroínas en la obra de Teresa González de Fanning y Mercedes Cabello de Carbonera.» En: Martin, Claire E./ Goswitz, María Nelly (eds.). *Retomando la palabra: las pioneras del diecinueve en diálogo con la crítica contemporánea.* Frankfurt- Madrid: Iberoamericana. (En prensa).

Castro Arenas, Mario. *La novela peruana y la evolución social.* Godard, José (ed.). 2da Edición. Lima: Iberia S.A., 1964.

Cornejo Quesada, Carlos (ed.). *Mercedes Cabello de Carbonera: una mujer en el otro margen: artículos periodísticos de cultura y educación.* Moquegua: Museo Contisuyo, 2009.

Denegri, Francesca. *El abanico y la cigarrera: la primera generación de mujeres ilustradas en el Perú 1860-1895.* Lima: IEP, 2004.

Ferreira, Rocío. «Cocina ecléctica: mujeres, cultura y nación en el Perú decimonónico.» Dissertation, UC Berkeley, 2002.

Goswitz, María Nelly. «Catalina y Blanca. Un análisis del ideario narrativo de Mercedes Cabello a través de las protagonistas femeninas de *Sacrificio y recompensa* y *Blanca Sol.*» En: Martin, Claire E. (ed.). *Cien años después: La literatura de mujeres en América Latina: El legado de Mercedes Cabello de Carbonera y Clorinda Matto de Turner.* Lima: Fondo Editorial Universidad San Martín de Porres, 2010, pp. 111-23.

_____. «Del veintiuno al diecinueve: Descodificando el trazo femenino en la novela *Los amores de Hortensia*» En: Martin, Claire E./ Goswitz, Maria Nelly (eds.). *Retomando la palabra: las pioneras del diecinueve en diálogo con la crítica contemporánea*. Frankfurt- Madrid: Iberoamericana. (En prensa).

González-Muntaner, Elena. «Literatura femenina en el Perú decimonónico. La cuestión del naturalismo y el feminismo en la obra de Mercedes Cabello de Carbonera.» Dissertation, Florida International University, 2002.

Kuon Cabello, Luis E. *Retazos de la historia de Moquegua*. Lima: Abril Editores e Impresores, 1981.

La Greca, Nancy. *Rewriting Womanhood Feminism, Subjectivity, and the Angel of the House in Latin American Novel, 1887-1903*. Pennsylvania: Penn State Press, 2009.

Martin, Claire Emilie. (ed.). *Cien años después: La literatura de mujeres en América Latina: El legado de Mercedes Cabello de Carbonera y Clorinda Matto de Turner*. Lima: Fondo Editorial Universidad San Martín de Porres, 2010.

_____. *Retomando la palabra: las pioneras del diecinueve en diálogo con la crítica contemporánea* (eds.) Martin, Claire E/ Goswitz, Maria Nelly. Frankfurt- Madrid: Iberoamericana. (En prensa).

Marting, Diane E. (ed.). *Women Writers of Spanish America: An Annotated Bio-Bibliography*. New York and Westport, CT: Greenwood, 1987.

_____. (ed.). *Spanish American Women Writers: A Bio-Bibliographical Source Book*. New York and Westport, CT: Greenwood, 1990.

Moreano, Cecilia. *Cuadernos de Investigación, La literatura heredada: configuración del canon peruano de la segunda mitad del siglo XIX*. Lima: Pontificia Universidad Católica del Perú. Instituto Riva Agüero, 2004, 1.

Pinto Vargas, Ismael. *Sin perdón y sin olvido. Mercedes Cabello de Carbonera y su mundo*. Lima: Instituto de Investigaciones de la Universidad de San Martín de Porres, 2003.

_____. (ed.). *Primer Simposium Internacional Mercedes Cabello de Carbonera y su mundo*. Lima: Instituto de Investigaciones de la Universidad de San Martín de Porres, 2010.

Ricketts Rey, Patricio. «Rescate de Mercedes Cabello» En: Pinto, Ismael (ed.). *Primer Simposium Internacional Mercedes Cabello de Carbonera y su mundo*. Lima: Instituto de Investigaciones de la Universidad de San Martín de Porres, 2010, pp. 171-87.

Riva Agüero, José de la. *Obras completas José de la Riva Agüero. Carácter de la literatura del Perú independiente*. Lima: Pontificia Universidad Católica del Perú, 1962.

Sánchez, Luis Alberto. *La literatura peruana: derrotero para una historia cultural del Perú*. Lima: Ediciones de Evidentas S.A, 1965, 3.

_____. (Comp.). *Ventura García Calderón. Obras escogidas*. Lima: Ediciones Edubanco, 1986.

Tamayo Vargas, Augusto. *Perú en trance de novela*. Lima: Ediciones Baluarte, 1940.

_____. *Literatura Peruana*. Lima: Promoción Editorial Inca S.A, 1993, 2, pp. 553-72.

Villavicencio, Maritza. *Breve historia de las vertientes del movimiento de mujeres en el Perú*. Lima: Centro de la Mujer Peruana Flora Tristán, 1990.

_____. *Del silencio a la palabra: mujeres peruanas en los siglos XIX y XX*. Lima: Flora Tristán, 1992.

Voysest, Oswaldo. «El naturalismo de Mercedes Cabello de Carbonera: un ideario ecléctico y de compromiso». *Revista Hispánica Moderna* (Nueva York).Vol. 53, No. 2 (dic. 2000):366-87.

Los amores de Hortensia

«Historia contemporánea»

POR

MERCEDES CABELLO DE CARBONERA

FOLLETIN DE «LA NACION»

LIMA
IMP. DE TORRES AGUIRRE, MERCADERES 150
1887

QUIEN ERA HORTENSIA[1]

— ¿Conoce U. la historia amorosa de N?

—Tengo noticia de su trágico fin, pero no la conozco en todos sus detalles.

—Escríbala, yo daré á U. los datos que necesite.[2]

—Se necesitarían muchos y muy exactos pormenores de su vida.

—He conocido íntimamente á N., y puedo asegurarle que no tendrá U. nada que desear.

—Paréceme que tiene poca novedad, y la creo de escaso interés.

—La vida de una mujer de espíritu y de gran corazón inspira siempre vivo interés; no sea más que para estudiar ese eterno misterio que llamamos corazón femenino.

—Es verdad que puede tener el interés que inspira una verídica historia, ya que los novelistas nos forjan tantas sin más fin que dar pábulo á su imaginación.

—Quiero que escriba U. esa historia, porque creo que la sociedad avanza más en el conocimiento del mundo y en la experiencia de la vida, con la narración verídica de las impresiones y de las luchas que sostuvo un corazón ardiente y apasionado que con las leyendas fantásticas é inverosímiles de que nos vemos plagados.

Este diálogo que tuve no ha[3] muchos días con un amigo mío, sugirióme la idea de escribir la historia amorosa de una mujer inteligente y bella que sólo hace pocos años que ha dejado de existir. El hecho de ser muy conocida en la alta sociedad limeña nos obliga á llamarla por el simpático nombre de Hortensia, suprimiendo su verdadero nombre, como también el de todos los que figuran en este pequeño relato.[4]

---

1   *Hortensia*: Hija de un famoso cónsul romano famosa por su oratoria y el discurso que pronunció en el año 42 A.C. en contra de un impuesto a las mujeres pudientes.

2   La historia de Hortensia se sitúa dentro de un formulaico marco narrativo. La narrativa es el resultado de una vida contada a un amigo por un personaje allegado a la protagonista; el manuscrito perdido, el diario o el epistolario encontrados por azar y legados al escritor o editor, narran el trágico relato que el lector tiene entre sus manos.

3   «Ha» del verbo «Haber» que en español moderno equivale a «hace».

4   Al cambiar el nombre de N. por el de Hortensia, y de encubrir los nombres de los demás personajes, la autora está haciendo uso de la técnica del «roman à clef», técnica que encubre tanto como descubre detrás de sus máscaras los nombres y acciones de los personajes claves que operaron dentro de la sociedad limeña de la época.

Hortensia era de esas mujeres de imaginación soñadora y alma ardiente.

Unida á un hombre á quien jamás amó su corazón, conservaba, á pesar de sus veinte y ocho años, todo el frescor y la pureza de la juventud.

Sin ostentación, sin jactancia, de acrisolada virtud, sin pretender siquiera el mérito de ser modelo de fidelidad conyugal, jamás dió oidos á los muchos adoradores que la rodeaban con amoroso empeño.

Sin duda su soñadora imaginación mantenía su corazón con ficciones ideales y amores imaginarios, que la llevaban á desdeñar todo lo que en el terreno de lo real y positivo, la demostraban el lado prosaico de la vida.

Tal vez si habíase forjado un amante ideal; cuyas perfecciones eran el prototipo al que pretendía ajustar á todos los que con atrevida planta osaban llegar hasta el encantado palacio de sus sueños.

Lo cierto es que en diez años de matrimonio con un hombre, que si fué el dueño de su cuerpo, jamás lo fué de su alma; Hortensia no dió la menor señal de inclinación y preferencia por ninguno de los que perseguían su altiva belleza.

Más de un maldiciente, comentando esta desdeñosa conducta, atribuíala á algún amor oculto que nadie alcanzaba á sorprender.

Algunos decían:

—Cuando una mujer no abre la puerta de su corazón, es porque hay un dueño que guarda la llave.

A lo que contestaba otro:

—Y las llaves del corazón no puede guardarlas sino el amor.

Y un tercero agregaba:

—Y todo el mundo sabe que ella no ama á su marido: luego es claro que otro es el cancervero.[5]

Y con tan temerarios é injustos juicios,[6] condenaban sin apelación la conducta de la bella Hortensia.

Respecto á su físico, los que la conocieron aseguran que sin ser una belleza extraordinaria, era sin embargo hermosísima mujer. El encanto de su fisonomía dependía más de la expresión que de la corrección de sus líneas.

A pesar de esto, quizá si muchos de sus adoradores acercábanse á

---

5   *Cancervero*: Can Cerbero es el mitológico perro de tres cabezas y cola de serpiente que guarda las puertas del Hades, el inframundo de los griegos.
6   Hemos corregido el error tipográfico que aparece en el original (*juico*).

ella llevados por el aliciente que tiene la mujer orgullosa que desdeña á muchos hombres.

Rendir á esa altiva belleza y encender el corazón de mármol de esta nueva Galatea[7], era una empresa que tenía grandes atractivos para los que buscaban el *imposible*[8] como estimulante del amor.

Hortensia era de mediana estatura; entre americanas del Norte ó europeas, hubiera pasado por pequeña; en Lima, donde la generalidad de las mujeres son de baja estatura, era de tamaño regular. Su tipo no era romano, ni griego, ni pertenecía á ninguno de los tipos predominantes en Europa; era un tipo esencialmente limeño en toda su perfección. Si carecía de la corrección de líneas y perfección de contornos, tenía en cambio ese no sé qué[9] de la mujer limeña, que enloquece á los europeos y subyuga á sus compatriotas.

Tenía lo que caracteriza al tipo de la limeña[10]: grandes ojos luminosos y expresivos que parecían irradiar luz, velada por largas arqueadas pestañas.

Cuando se la miraba ejercían tal fascinación, que era imposible examinar los detalles de su rostro; imposible notar que su nariz, aunque correctamente delineada, era algo pequeña; que su boca aún que graciosa y expresiva, era un poco grande; sus ojos, aquellos soles que deslumbraban, impedían todo examen é imponían la admiración á pesar de estas incorrecciones.

Su tez no era blanca, más bien podría llamarse morena, lo que contrastaba admirablemente con sus rubios cabellos y sus ojos de un azul profundo.[11]

Generalmente tenía esa palidez propia de estos climas cálidos que tanto debilitan el organismo.

Esto no impedía que la más ligera emoción coloreara sus mejillas con ese tinte encantador que remeda los arreboles del crepúsculo.

---

7   *Galatea*: referencia a la estatua de marfil de Pigmalión de Chipre, la cual más tarde se asociará con la estatua que adquiere vida propia.

8   Itálicas de la autora.

9   No sé qué: traducción literal de la expresión francesa, «je ne sais quoi» para indicar algo inefable, indefinible, exquisito e inimitable.

10   Natural de Lima, capital del Perú, o de su provincia.

11   Es de notar la coincidencia en la descripción física de los personajes femeninos en la narrativa de Cabello. Tanto en Hortensia, Catalina (*Sacrificio y recompensa*) y Blanca (*Blanca Sol*) la autora exalta la peruanidad de sus tipos al describirlas físicamente. De Catalina afirma: «Su tipo tenía algo de tipo andaluz pero realzado en esa expresión dulce y suave de la mujer peruana» (p. 59); de Blanca nota: «Sus rubios cabellos y sus cejas negras, formaban el más seductor contraste [...] No era el rubio desteñido de la raza sajona, sino más bien el rubio ambarino, que revela el cruzamiento de dos razas de tipo perfecto» (p. 75).

Sus blancas y bien cortadas manos sólo podían rivalizar con sus diminutos pies: al verlos fácilmente se explica por qué el pié de la limeña tiene universal fama.

En la época á que nos referimos,[12] su sociedad se componía de un círculo de amigos íntimos que se reunían dos veces por semana.

Hortensia era el alma de estas reuniones, en las que se hablaba de música, de literatura, en general de todas las bellas artes, y pocas veces de la vida privada ó de la crónica escandalosa de los salones.

En este círculo de amigos, Hortensia gozaba de renombre por su esclarecido talento, y se decía que era poetisa, aunque ella, sea por modestia ó indiferencia, jamás publicó sus composiciones poéticas.

Contentábase con tener por público el reducido círculo de sus amigos. Y dudamos que ninguno de los que frecuentaron su trato haya olvidado á esta distinguida mujer, que con su talento y su gracia amenizaba aquella sociedad.

La delicadeza en el decir, su nobleza en el pensar, la ternura de sus sentimientos y la vehemencia de sus emociones, dábanla un sello que la distinguía de la generalidad de las mujeres.

Sus versos respiraban ese sentimentalismo dulce, vago, poético, que remeda el canto melancólico de la tórtola ó el triste arrullo de la fuente.

Eran, puede decirse, más la expresión de las emociones del alma, que las ideas que surgían de su pensamiento.

A esta delicadeza de sentimiento reunía un carácter despreocupado y un corazón valeroso, cualidades que rara vez se hermanan en una mujer.

Importábale poco, como ella decía, la opinión de los necios; aunque esta se refiriera á la pureza de su virtud, y llevaba este arrojado desprecio, hasta un término que daba lugar á que la maledicencia pusiera en duda su virtud. Cuando sus amigos decíanla cuanto podía dañarla esta despreocupación, siempre perjudicial en las mujeres, solía decir, contestando á estas prudentes advertencias:

—La opinión pública es como esas muchachas engreídas que se manifiestan más descontentas á medida que es mayor el empeño que, mostramos en complacerlas.

---

12   La autora puede estar evocando las veladas literarias (1876-1879) iniciadas por su entrañable amiga y maestra Juana Manuela Gorriti. En las veladas se buscaba cultivar la intelectualidad femenina en colaboración con los escritores y literatas con el fin de forjar una conciencia nacional y americanista que beneficiara a las nuevas naciones.

Algunas veces, entre risueña y meditabunda, agregaba:

—El público de las personas inteligentes debe estar en su conciencia, sólo el del vulgo lo componen las multitudes ignorantes.

Con estas ideas no podía menos que pasar á los ojos de la gente vulgar, por mujer extravagante, y no faltaba quien dijera que tenía escaso juicio.

Muy pocas personas, á excepción de sus amigos que la trataban, llegaron á comprender que Hortensia era mujer de noble corazón, de recto juicio y elevados sentimientos.

II
El matrimonio de Hortensia

Puesto que vamos á referir las impresiones amorosas que agitaron el corazón de una mujer, que, unida con los vínculos del matrimonio, estaba en el deber de amar sólo al hombre á quien la suerte la uniera, preciso nos será referir también las causas que fueron parte á formar este matrimonio y las condiciones en que se hallaba cuando lo contrajo!

Nacida y educada en Lima, Hortensia vióse obligada, por uno de esos contrates de la fortuna, á abandonar la capital, separándose violentamente de sus inocentes afectos, de sus juveniles placeres y ventajosa posición social.

Frisaba en los catorce años, cuando su familia tuvo que ir á ocultar en triste y solitario pueblo del Norte del Perú, el cambio de vida á que la condenaba el mal estado de su fortuna.

Hortensia era á la sazón lo que en aquella época se llamaba una mujer romántica. Es decir, un carácter triste, melancólico, con el alma y el cuerpo enfermos.

Cuando se vió adscrita al estrecho recinto del pobre pueblo de B.;[13] todos sus males físicos y morales se agravaron.

Escribía versos apasionadísimos, consagrados á un ser ideal que era como un fantasma, como un ser etéreo, sin existencia posible, al que consagraba todas sus horas, todos sus sueños, ni más ni menos que si fuera un ser real y verdadero.[14]

Estos delirios, estas aspiraciones, estos sueños, nunca realizados y jamás satisfechos, derramaban naturalmente en el alma de la adolescente joven, corrosivo veneno.

El hastío y el disgusto de todo lo que la rodeaba apoderábase cada día más de su espíritu.

En los fascinadores mirajes[15] de su imaginación, veía á Lima como

---

13   La autora puede haberse referido a los pueblos de Bolívar en el departamento de La Libertad, o a Bolognesi, en el departamento de Ancash.

14   La autora se une al coro de voces que critica la influencia nefasta de la literatura romántica sobre las impresionables jovencitas quienes luego buscan en sus pedestres realidades las quimeras que han nutrido sus sueños.

15   *Miraje*: Del francés, «mirage», ilusión óptica.

Edén donde podría realizar todos sus sueños y aspiraciones, como á la patria ausente que la llamaba con tierno reclamo, brindándola sus cariños y placeres.

Los continuos y exagerados relatos que sus amigas la enviaban en sus cartas, unidos á sus impresiones y á las reminiscencias del pasado, afianzaban cada día más esta idea que se agrandaba con todas las seducciones de la fantasía. Lima con sus pompas y sus grandezas era para Hortensia la tierra de promisión donde habíase propuesto volver, aunque para ello tuviera que avasallar su propio corazón.

En las imaginaciones exaltadas, una idea constantemente acariciada suele tomar la fuerza avasalladora de una pasión.

Volver á Lima fué, pues, para Hortensia como una pasión que dominó toda otra aspiración.

A esta sacrificó más de un pretendiente que tal vez la hubiera hecho verdaderamente feliz. Hortensia resolvió, pues, casarse con el hombre que conviniera[16] á sus aspiraciones, no con el que amara. En vez de entrar al hogar por la florida puerta del amor, entró por la escabrosa senda que le trazara su ambición.

Lima era por entonces la voluptuosa bacante[17] que livaba[18] el placer en la copa de oro[19] eternamente renovada por los inmensos caudales que los gobiernos derrochaban con loca imprevisión. El oro corruptor de las conciencias y de las costumbres fluía en vertiginosa corriente para convertirse siempre en lujo y placeres. Lima, por consiguiente, tenía que ser un paraíso de ventura para las imaginaciones fantásticas y los caracteres ambiciosos como el de Hortensia.

Cuando el señor Montalvo, de paso en el pueblo donde vivía Hortensia, la conoció, enamorose perdidamente de ella.

El día que él humildemente la ofreció su mano, su fortuna y su porvenir, ella por toda respuesta le contestó:

—¿Y viviremos siempre en Lima?

El día de su matrimonio estaba ebria de alegría y radiante de felicidad.

---

16   Esta afirmación es un preámbulo a la crítica acérrima que desarrollará Cabello en su novelística a los matrimonios por conveniencia.

17   *Bacante*: sectaria de Baco o Dioniso. Mujer que participaba en las fiestas bacanales. Mujer proclive a las orgías.

18   *Livaba*: acción de libar, beber o chupar un líquido. Se dice generalmente de las abejas.

19   Aunque la novela no hace alusión a fechas específicas, se puede deducir que la novela se desarrolla durante el apogeo de la época guanera. Ver el artículo de Mónica Cárdenas Moreno mencionado en la introducción y en la bibliografía.

¡Sus propósitos habíalos alcanzado, sus ambiciones debían realizarse!...

Su esposo, que era hombre poco inteligente y avisado, atribuyó esta alegría al amor que creía haber alcanzado.

Hortensia misma se forjaba la ilusión de amar á su esposo, cuando en realidad sólo amaba al hombre que debía conducirla á la realización de sus aspiraciones.

Más tarde, cuando el mundo y la vida diéronla con la experiencia aquel carácter despreocupado y aquel espiritu tranquilo, ageno á estos juveniles delirios, solía decir:

—¡Fuí víctima de la fantasía é inexperiencia de mis pocos años!...

III
Decepciones

La instalación de la señora Montalvo en su nuevo domi-
cilio de Lima, estuvo acompañada de tristes descepciones y amargos
sinsabores.

El tren de su esposo no era tan lujoso como ella se lo imaginara;
su fortuna, aunque grande, no era ni con mucho lo que él le manifestaba poseer.

El suave aunque prosaico carácter del señor Montalvo, no era tan
suave y sí mucho más prosaico[20] de lo que ella creyera.

Las costumbres morales y la vida metódica que ella le conociera,
trocáronse en contínuos desórdenes y en insoportable disipación.

Pocos días después de su llegada recibió una carta concebida en los
siguientes términos:

> «Señora de mi respeto:
> »Perdonad si un grito de dolor salido del corazón de una mujer des-
> graciada, llega hasta vuestra dichosa mansión á turbar la felicidad
> que disfrutais. Soy víctima de un hombre infame, que faltando á
> sus sagrados deberes de padre y á sus repetidos juramentos de
> amante, me ha abandonado con dos hijos, cuando uno de ellos no
> ha visto aún la luz del día. El hombre que así ha procedido es el
> señor Montalvo, vuestro esposo. Si hay, como lo espero en vuestro
> corazón, un sentimiento de conmiseración para los desgraciados,
> compadeceos de esta infeliz abandonada en la deshonra y la miseria
> por el mismo hombre á quien le sacrificó riquezas y honor.
> »Besa sus manos,
> »Margarita Ramos.
> »P.D.—Vivo en la calle de las Cruces,[21] número 100.»

Cuando Hortensia terminó la lectura de esta carta, quedose fria é
inmóvil, como si un rayo hubiérala herido en mitad del corazón.

En la súbita palidez que cubrió su semblante, en la mirada fija y
el temblor de sus manos, se adivinaba la profunda emoción que
agitaba su espíritu.

---

20   *Prosaico*: Dicho de personas y de ciertas cosas desprovistas de ideales o elevación.
21   *Calle de las Cruces*: Situada cerca de la Iglesia de San José, en la Plaza Italia de los Ba-
      rrios Altos de Lima. Hoy se conoce con el nombre de Jirón Huanta.

Al fin, como si tomara una decisiva determinación, tiró el cordón de la campanilla y dijo al criado que apareció:

—Llama el primer coche que pase por la calle.

Después de cambiar precipitadamente su elegante bata de cachemir, por un severo vestido negro, y colocarse sobre la cabeza, cubriendo parte de la cara, la tradicional manta peruana,[22] Hortensia subió al coche.

—A la calle de las Cruces, número 100, dijo.

Pocos momentos después el coche detúvose delante de una casita de pobre aspecto.

Una joven de semblante demacrado salió á[23] recibirla. A pesar de no tener mas que veinte y cuatro años, parecía de treinta. Se veia sin embargo que era hermosa.

—Soy Hortensia...

Margarita no la dejó concluir: dió un grito de sorpresa y estrechó en sus brazos á la esposa de su antiguo amante.

Entre lágrimas y sollozos refirióle la triste historia de sus amores.

Margarita había sido seducida por el señor Montalvo, que la sacó de casa de una tía, donde si no era completamente feliz, debido al mal carácter de su tia, tenía al menos toda clase de comodidades y la esperanza de poder casarse ventajosamente.

La historia de Margarita era la eterna historia de toda mujer, que confiando en protestas y juramentos de amor, se entrega á un amante esperando conquistar el paraíso, y al fin encuentran que solo han conquistado el infierno.

Tres años de amores habían dádole á Margarita la esperanza de que el señor Montalvo legitimara este amor, y mas que el amor, los dos hijos que ya tenían.

—Pero, qué pocos son los hombres —exclamaba—Margarita, que saben cumplir estos sagrados deberes, sacrificando algo de sus preocupaciones en aras de la felicidad de la que sacrificó todo á su amor.

Larga, íntima y animada fué, la entrevista de entre ambas jóvenes. Al despedirse se abrazaron, prometiendo Hortensia volver con frecuencia á visitar á Margarita. Al salir encontró en la puerta al hijo de su esposo; lo miró con ternura, y entregándole una bolsa le dijo:

---

22   Se refiere a la tradicional saya y manto de la tapada limeña cuyo atuendo apareció en el siglo XVI, y cuyo uso no se extinguió hasta la aparición de la moda francesa de fines del siglo XIX. Entre los muchos comentaristas atraídos por la indumentaria, Flora Tristán, en sus *Peregrinaciones de una paria* (1838), comenta sobre la aparente libertad de las tapadas limeñas.

23   En la versión de folletín de «La Nación» se omite la «á».

—Entrégale eso á tu madre.

Bajo tan dolorosas y desconsoladoras impresiones, fácilmente se comprende, que el poco afecto que pudo tener á su esposo convirtióse bien pronto en fastidio y menosprecio. No es posible amar al hombre que deja conocer sus grandes defectos, cuando no hay grandes cualidades que los equilibren y contrapesen. La mujer le perdona fácilmente á un hombre un vicio, pero no le perdona una infamia. Las poderosas alas del amor pueden volar hasta idealizar los desórdenes y extravíos del vicio; pero no pueden ni aún aminorar la repugnante fealdad de una infamia.

A seguir sus primeros impulsos, Hortensia hubiérase separado inmediatamente del lado de su esposo, poniendo con un rompimiento fin á su matrimonio. Pero la detuvieron consideraciones que á su edad no se pueden olvidar.

Hortensia ocultó sus penas en lo mas hondo de su corazón; ni una queja ni un reproche salieron de sus labios. El señor Montalvo, por su parte, cuidose poco de investigar la buena ó mala impresión que su conducta hacía á su esposa: importábale poco lo que ella sufriera, con tal que ese sufrimiento fuera como hasta entonces silencioso.

Para conocer el estado del ánimo de la señora Montalvo, trascribiremos la carta que escribió á una amiga de infancia, que le participaba su próximo enlace. Decía así:

«Queridísima mía:

»Tal vez sea demasiado tarde para lo que voy á decirte, pero la voz de la experiencia siempre debe ser escuchada. Te casas, y te compadezco. El matrimonio es oscuro abismo al que sólo quieren entrar los que no conocen sino sus risueños contornos, rodeados de hermosas praderas y floridos vegetales.

»¡Qué no darían los que han caído en él por salvarse de tan horrible suplicio!

»Es una hermosa cadena que alegremente nos atamos al cuello, para que luego nos abrume con su peso. ¡Buscas un compañero para tu vida!.. no hay soledad como el matrimonio: hoy vives acompañada de tus esperanzas, de tus ilusiones, de tus sueños; todo huirá como huyen las alegres mariposas, con las primeras sombras de la noche. Tu esposo será como esas hermosas figuras de una sola cara; tú siempre verás el reverso. Buscas, me dices, la realización de tu soñada felicidad, es como si fueras á buscar entre los bastidores de

un teatro, la realización de un sublime drama, que tu bella y soñadora imaginación ha concebido.

»Dicen que el matrimonio es la unión de dos cuerpos con una sola
alma ¡ay! esta alma es la desgracia. Yo creería mas bien que es la
unión de dos cuerpos que abre un abismo que separa por siempre
dos almas.

»Si es posible, no te cases; si no hay remedio, cásate cuando estés loca
de amor por un hombre de verdadero mérito. ¡Ah! entonces el matrimonio puede ser un paraíso que dure... un poco de tiempo.

»Te estrecha contra el corazón,

»Hortensia.»

La señora Montalvo escribió esta carta en esos momentos de
amargura en que un pesar largo tiempo sufrido parece recrudecer y
agotar el sufrimiento.

A los ojos del mundo entero pasaba por un modelo de felicidad
conyugal.

Su esposo, decían algunas casadas oprimidas, la considera y la deja
en la mas completa libertad. ¿Qué mas puede desear?

Ella, sin embargo, necesitaba algo mas que una completa libertad.
Necesitaba amar, necesitaba vivir en la atmósfera vivificante de los
afectos, que en la mujer es tan necesaria como el aire y el calor que
alimentan la vida. Necesitaba ya que no amar, estimar á su esposo,
considerándolo si no su superior, su igual.

Nada de esto tenía Hortensia, condenada á vivir al lado de un
hombre cuyos vicios y defectos hacíanlo de todo en todo despreciable
á sus ojos.

Dolorosa era su soledad en el mundo, negras sombras esparcía
sobre su espíritu y glacial frio en su corazón; pero aún mas insoportable se le tornaba, teniendo á su lado un carácter que repelía al suyo,
un corazón que no respondía á sus afectos, una alma envilecida por
los vicios: faltábale pues un compañero con quien compartir sus penas,
ya que su esposo no era el amante con quien podía compartir su felicidad. Combatido de esta suerte su hogar, tórnase en oscuro calabozo,
el lecho en insoportable tortura, y las horas en interminable y torcedor
tormento. Así Hortensia llegó a ser más que esposa y compañera del
señor Montalvo, triste y solitaria viuda.

En cuanto al señor Montalvo, vivía completamente dichoso y convencido de haber labrado la felicidad de su esposa. Si la veía triste, disgustada y taciturna, decía con tono indiferente:

—Las mujeres de temperamento nervioso son siempre así.

Muchas veces después de pasar los días y las noches fuera de su casa, en los clubs y en los hoteles, matando el tiempo, como él decía, sin comprender que mas que el tiempo, mataba el afecto y estimación de su esposa, cuando llegaba con el semblante demacrado y los ojos enrojecidos por el insomnio, acercábase á su esposa y le decía:

—Supongo que estás bien: creo que no te falta nada.

Con esto creia haber cumplido todo los deberes de buen esposo, quedando completamente satisfecho.

Hortensia lloraba en silencio sus desgracias, y pocas veces una queja ó un reproche se escapaba de sus labios.

Esta situación era demasiado violenta para que fuera por largo tiempo soportada.

Hortensia no tenía el carácter apático de algunas mujeres que se resignan pacientemente á llorar por toda la vida sus desgracias. Tan luego que comprendió que sus penas eran interminables, buscó en nuevos arbitrios si no el remedio, al menos el olvido de ellas.

Hemos dicho que una gran voluntad era el distintivo del carácter de Hortensia; esta vez quiso aprovecharse de este don bien raro en la naturaleza humana.

Acordose de aquel Lima que en sus juveniles años entreviera poblado de prestigiosos sueños y brindándole eterna alegría. Quiso buscar la realización de aquella felicidad que por mas de tres años habia olvidado pensando solo en ser esposa fiel y madre de familia ejemplar[24], esperando que esta conducta reformaría la de su esposo.

Un año después nadie hubiera conocido en la alegre y coqueta señora de Montalvo á la taciturna y desgraciada Hortensia de los primeros años de su matrimonio.

La transformación fué completa.

—Quiero ser feliz á despecho de la suerte y á pesar de mi horrible situación, dijo un día, é hizose parroquiana de las mejores modistas y compró lujosos vestidos, fué al teatro y tomó abono para todas las

---

24   Dentro de la vaga cronología de la novela, Hortensia debe tener unos veintiuno o veintidós años en este momento; los primeros tres años de matrimonio representan la desilusión ante la realidad y la búsqueda por encontrar sentido a su vida a través de su papel de esposa y madre. Esta es la primera alusión al hecho de ser madre aunque nunca se dan detalles. El cuarto año de matrimonio es el del aturdimiento dentro del mundillo de la aristocracia limeña. A partir del quinto año, Hortensia encuentra un cierto equilibrio dentro de un círculo reducido de amistades ilustradas.

funciones. Visitó á todas sus amistades hasta entonces olvidadas por faltarle siempre el humor para esta clase de distracciones; y buscando continuamente el ruido de las fiestas y la alegría de los paseos, cualquiera hubiera creído que á fuerza de voluntad, había realizado el milagro de ser, como ella dijo, feliz á despecho de la suerte.

No era así, sin embargo. Hortensia apenas había logrado olvidar sus pesares de familia y distraerse de los disgustos conyugales. Por todas partes sentía el amargo dejo que sentimos, cuando al salir del hogar, llevamos una gota de hiel en los labios que amarga todos los placeres y emponzoña todas las esperanzas; Hortensia, á pesar de su poderosa voluntad, no había logrado ni el que su corazón sonriera cuando tantas veces reían sus labios.

Cuantas veces después de pasar la noche en algún gran baile donde un coro de adoradores le repetía á porfía mil alabanzas á su belleza y talento, llegaba hastiada, cansada, triste, y arrojando lejos de sí los brillantes, los tules y las flores, vestíase de negro é iba a visitar á Margarita para llevarle un valioso obsequio ó una palabra de cariño.

—Aquí siquiera me queda la satisfacción de haber hecho un bien, decía al salir de la casa de Margarita.

Después de algun tiempo de esta vida de fiesta y de continua agitación, fué reconcentrando sus distracciones y placeres á un círculo de amigos íntimos, que diariamente la buscaban.

IV
Una buena idea

Así pasaba Hortensia su vida, si no feliz, al menos resignada y tranquila, creyendo haber alcanzado el predominio de la razón sobre el corazón y quedando convencida de tener, como ella decía, su espíritu muerto para toda impresión amorosa.

Diez años de matrimonio,[25] en cuyo tiempo, si alguna vez su corazón sintió la necesidad de amar, bien pronto acallábalo con el ruido atronador de las fiestas, con el embriagador halago de la adulación, ó con la fugaz alegría de los bailes; diez años, pues, de esta vida, confirmáronla en la errónea idea de que se puede contrariar las inclinaciones del corazón y torcer las aspiraciones del alma.

Algunas veces decía con tono festivo:

—Yo soy una de las víctimas arrebatadas al espiritualismo romántico de nuestra época.

Y esperando que la metamórfosis de su espíritu fuera completa, dedicábase al estudio de obras científicas, olvidando por completo sus romancescas lecturas.

En esta época de transición, encontrábase en el momento que principia a figurar en esta historia.[26]

Su inteligencia había alcanzado todo el desarrollo y la madurez de los veinte y ocho años.[27]

Las producciones de su inteligencia no eran ya delirios de un alma enferma ni fantasías de exaltada imaginación.

A pesar de esta transformaciones, seguía siendo á los ojos del vulgo mujer fantástica, despreocupada, alegre, que no obstante los desór-

---

25 En este capítulo, la cronología nos sitúa abruptamente cumplidos los diez años de matrimonio; es decir, cuando Hortensia cuenta ya con veintiocho años.

26 En este punto se inicia la trama narrativa, según el narrador mismo, pero es de notar que esto ocurre durante un período de transición en la vida de Hortensia quien está tratando de dejar de lado sus lecturas románticas y dedicarse a los estudios científicos; es decir, a desarrollar el aspecto racional, positivista de su ser. Irónicamente, es en el momento en que conocerá por primera vez el verdadero amor, fuente de irracionalidad.

27 La autora hace hincapié en la inteligencia de su protagonista, como lo hará con el resto de sus personajes femeninos protagónicos. La belleza es sólo uno de los muchos atributos, pero Cabello de Carbonera hace resaltar por medio del diálogo, de las cartas intercaladas y de las meditaciones en el texto las sutilezas del pensamiento de Hortensia y sus vastos conocimientos.

denes de su esposo, vivía contenta, sin cuidarse más que de lucir buenos vestidos y divertirse en todas partes.

Cuando pasaba por delante de esos grupos de jóvenes ociosos que frecuentaban la calle de Mercaderes[28] y los portales y que tan triste idea dan de la laboriosidad y cultura de nuestro país, escuchaba este ú otro diálogo semejante.[29]

—Hermosa mujer.

—Y muy inteligente.

—Tan hermosa é inteligente como coqueta.

—Ella disipa su corazón como su marido su fortuna: en el juego de la coquetería, ella; en el juego del azar, él.

—Nadie, sin embargo, puede vanagloriarse de haber sido su amante.

—Porque nadie tampoco ha alcanzado su amor.

—Las mujeres coquetas toman el amor como los borrachos los licores, no para saborear su delicioso aroma y deleitarse en su suave gusto, sino mas bien para aturdir la razón y embotar la sensibilidad.

Otro día el anterior diálogo repitióse de este modo:

—Hermosa como la felicidad, pero terrible como la desgracia.

—¡Que quieres! Cuando tantas perfecciones se reúnen en una mujer, es natural...

—Esa esquivez[30] debería haberla tenido para no casarse con ese tuno de su marido.

—¡Cómo! dijo un joven de distinguida expresión y gallardo porte, esa hermosa joven que acaba de pasar, ¿no es viuda?

—¡Hombre! Parece que vives en la luna. ¿Cómo es que no conoces á la señora Montalvo?

—Conozco mucho de nombre á la señora Montalvo, y conozco aún mas de vista á la que yo tenía por una seductora viuda, que tanto me gusta; pero nunca había llegado la ocasión que alguien me dijera que la espiritual señora Montalvo era la misma que acabamos de ver y que me gusta aún más.

---

28   *La calle de Mercaderes*: Angosta calle comercial de Lima con gran variedad de tiendas, y cuyas veredas estaban cubiertas por toldos donde los limeños se agrupaban para charlar y observar. Hoy Jr. de la Unión. En esta calle se encontraba, en el No. 150, la Imprenta de Torres Aguirre, que publicó la novela en 1887.

29   Sutilmente, la autora alude a la ociosidad de una juventud corrompida por los valores materialistas de la sociedad enriquecida rápidamente por el comercio, o perteneciente a la rancia aristocracia terrateniente e improductiva.

30   *Esquivez*: cualidad del ser huraño, esquivo, desdeñoso.

—¡Bravo! Exclamaron todos en coro; lo que quiere decir que al fin Alfredo Salas ha encontrado a la mujer que puede enamorarlo.

—¡Pluguiera el cielo que no fuera así! dijo con tristeza el joven aludido.

—¡Hombre! paréceme que te pesa el haber descubierto que tu supuesta viuda es mujer casada...

—No lo niego, agregó con amargura el joven á quien acaban de llamar Alfredo Salas.

—¡Qué inocente eres! Parece que no supieras que no hay amor más fácil de conseguir que el de una casada que no ama á su marido; máxime si el marido es un cúmulo de defectos y vicios como diz[31] que es el señor Montalvo.

—Un amor criminal es para mí un amor imposible, contestó Alfredo.

—¡Bah! No sabes que el amor de la mujer casada tiene, como la manzana del Paraíso, tres cualidades que la harán eternamente apetecible y codiciable: prohibido, misterioso é irresponsable.

—Sí, para el que busca la satisfacción pasajera de una pasión. Si la señora Montalvo me amara, yo haría de ella mi ídolo y no mi querida, contestó con entusiasmo Alfredo.

—¡Ay, hijo! ese idealismo no te duraría sino en tanto que vieras de lejos á tu ídolo, contestó con sarcástica sonrisa uno de los presentes. Además, los amores ideales son muy bellos escritos, pero muy insípidos en la práctica.

—A propósito, dijo uno, me dicen que estás arreglando una publicación poética-religiosa cuyo producto, después de vendida al público, será repartido entre los pobres.

—Sí, dijo Alfredo. He sido comisionado por una logia masónica[32] para llevar á cabo esta empresa, y me propongo especular á favor de los pobres, el fanatismo y la vanidad que tanto abundan entre nosotros.

—Esa es mina de cortar en este país, dijo uno.

—Una brillante idea se me ocurre, dijo otro: solicita la colaboración de la señora Montalvo y ya verás que espléndido resultado obtiene tu folleto. Todos dicen que es poetiza; pero nadie conoce sus versos.

---

31 *Diz:* Dicen.
32 *Logia masónica*: Se tienen noticias de la existencia de las logias masónicas en el Virreinato del Perú en el siglo XVIII. Para 1852, existían decenas de logias en el país, y la Gran Logia Masónica fue fundada en 1882.

—Si ella escribe algo para tu folleto, dijo otro, yo te prometo comprarte tres ejemplares: uno por ella, otro por ser de ella y el tercero por los dos, ella y yo.

Todos festejaron esta insustancial broma, excepto Alfredo, que frunció el ceño con disgusto.

Después cada cual siguió su camino.

V
Primeras impresiones[33]

Aunque Alfredo no manifestara en el primer momento deseo de aprovechar del consejo de sus amigos, luego que estuvo solo pensó que tal vez la suerte presentábale propicia ocasión para acercarse á aquella mujer.

Al descubrir que la que él consideraba hermosa viuda, era la lijera y veleidosa señora Montalvo, contristóse y tembló á la idea de que tal vez iba á acercarse á un abismo de penas y dolores.

Comprendió que el menor paso que diera adelante había de conducirlo mas tarde ó mas temprano hasta el fin, y trepidó en tomar su resolución.

Pero creyó que en último caso deber suyo era utilizar en favor de los pobres la inexplicable reputación de poetisa de que gozaba la señora de Montalvo.

Pocos días después Hortensia recibía una carta concebida en estos terminos:

> Distinguida señora:
> A pesar del empeño con que ocultais vuestros versos, su fama ha llegado hasta nosotros, como el perfume de la violeta oculta en los prados. Escudados en la filantropía de nuestros propósitos, nos atrevemos a rogarla que nos conceda el honor de publicar un trabajo de su pluma, que saldrá junto con otros de los mejores escritores de Lima, en un folleto destinado á una obra de caridad.
> Soy de Vd., señora, su atento S.S.Q.B.S.P.[34]
> Alfredo Salas

Hortensia arrojó con fastidio esta carta y dijo:

—¿Cuándo he escrito yo para el público?

Pocos días después hallábase un día triste, disgustada, miraba melancólica y meditabunda el amoroso y expresivo cuadro de *El halconero*.[35]

---

33   El título de este capítulo coincide con el del ensayo de Cabello «Primeras impresiones» que apareció por primera vez en Lima en el *Perú Ilustrado* el sábado 28 de mayo de 1887.

34   *Su servidor que besa sus pies:* fórmula de cortesía epistolar utilizada desde el siglo XIV.

35   *El Halconero*: Quizás se está refiriendo aquí a una copia de la famosa pintura de Henri de Toulouse-Lautrec (1864-1901), «Le falconier» (1881).

Tal vez su corazón por largo tiempo contrariado y enmudecido revelábase ante tamaña opresión. Tal vez sondeaba el frío abismo de su alma y el triste silencio de su corazón. Y luego tenía á la vista aquel cuadro tentador, que era la revelación de todo un poema de amor y de ventura.

Recostada en un sillón, con los largos cabellos desceñidos, dió un profundo suspiro y una lágrima humedeció sus ojos.

La fresca voz de Antonia sacóla de sus meditaciones.

—Un caballero desea hablar con la señora, dijo.

—¡Qué imprudencia! ¿Quién puede venir á esta hora? dijo Hortensia.

Y sin cuidarse de prender su cabellera, sin cambiar siquiera su bata de casa, salió.

La persona que la buscaba era un joven de gallarda apostura y ademán distinguido.

—Señora, soy Alfredo Salas, dijo el desconocido.

Hortensia contestó con una ceremoniosa venia, y con gracioso ademán le indicó que podía sentarse.

—Me he tomado la libertad de venir á repetir la súplica que tuve el honor de hacerla por escrito.

—No recuerdo, dijo con amabilidad Hortensia.

—Que me conceda el favor de publicar alguna producción suya en un folleto que publicaré próximamente.

—Usted debe saber, contestó con dulzura Hortensia, que yo jamás he escrito nada que pueda darse al público; por consiguiente; espero me dispensará de este compromiso.

—Señora, creí que el objeto á que destino ese trabajo fuera suficiente motivo para mover vuestra pluma en favor de los desgraciados.

Hortensia negóse con insistencia, asegurando que jamás había escrito un solo verso.

Alfredo, prevalido de la amable y cariñosa acogida que había recibido, aprovechose de todas las circunstancias favorables al logro de su intento, siquiera no fuera más que para alargar algunos minutos, esta para él deliciosa visita.

Al fin, agotados todos los recursos de su artificiosa sagacidad, fuéle preciso desistir.

La visita se alargo mas de lo conveniente. La conversación fue franca, amena, como es la de las personas inteligentes.

Al despedirse, Alfredo dirigióla intensa, expresiva, apasionada mirada.

La señora Montalvo no pudo resistir aquella mirada que tan elocuentemente la hablaba y bajó los ojos ruborizándose.

Ella, la alegre, la burlona y despreocupada, como la llamaban los que no conocían bien á la señora Montalvo ruborizóse como tímida doncella que por vez primera siente el aguijón del amor.

¿Quién podría definir las causas por qué sentía así aquella mujer que todos creían acostumbrada á escuchar indiferente, risueña, impasible, la música amorosa, si así puede decirse, de las galanterías[36] de salón?

Cuando volvió á alzar los ojos, encontró los de Alfredo fijos aún en ella.

¿Qué se dijeron en aquella mirada?

¡Quién puede decirlo! La primera mirada de amor es una revelación de lo eterno y de lo infinito.

Estas dos abstracciones no tienen una expresión exacta sino en la mirada en que se revela un corazón que ama.

Cuando Alfredo se hubo retirado, Hortensia tomó la pluma, no sabemos si con la intención de escribir una composición mística para la publicación de Alfredo, ó mas bien para dar expansión á su alma estremecida por desconocida y profunda emoción. Lo cierto es que lejos de escribir como pensó unos versos místicos sobre los dolores de la Virgen, con gran asombro suyo, encontrose que había escrito algo sentimental, apasionado, que era la expresión de un amor vago, doliente, dulce, como el primer suspiro de un corazón enamorado.

Cuando hubo terminado de escribir, leyó nuevamente sus versos, y exhalando un profundo suspiro exclamó:

—Bah, ¡qué de tiempo hacía que no escribía en este lastimoso tono! ¿Habrá algo nuevo en mí que me haga sentir así?

La señora de Montalvo no se atrevió á confesarse á sí misma que amaba.

Las mujeres se acostumbran desde tan temprano á ocultar sus sentimientos, que llegan á ocultárselos á sí mismas.

---

36   La palabra está incompleta en ambas ediciones (gal n erías).

Después de un momento de meditación, dijo entre temerosa y complacida:

—¿Estaré acaso escribiendo mis primeras impresiones? [37]

Después de dejar la pluma se fue al piano y tocó algo triste, apasionado, dulce en armonía, con las impresiones que agitaban su alma.

Esa noche, á pesar de ser de recepción para sus amigos, no recibió a nadie, so pretexto de estar atacada de jaqueca.

Unos ojos negros, expresivos, apasionados perseguíanla con insistencia incomprensible.

Al siguiente día sintióse mas que nunca contrariada y lo que jamás había notado, notábalo ahora; el vacío del corazón y la soledad del alma.

Recostada en su hamaca, pensaba que debía haber accedido en escribir algo para aquel folleto dedicado á beneficio de los pobres.

—De este momento, decía, volvería á verlo á él, en tanto que ahora no debo esperar verlo más.

El sonido de la campanilla vino a sacarla de estas tristes reflexiones. Levantó la cabeza. Era él.

A pesar del doble cortinaje de las puertas que velaban la figura de Alfredo, vió lucir esos dos ojos que debian ser en adelante su luz y su encanto; sin poder dominarse corrió á recibirlo.

---

37   A través de la reflexión de Hortensia, la autora muestra en su novelística su pensamiento filosófico sobre el amor y el matrimonio, también articulado en su ensayística.

VI
Primera visita

¿Por qué volvía Alfredo Salas á casa de Hortensia?

Por lo que vuelve todo hombre que la víspera ha dejado su tranquilidad, su alegría, su voluntad, y en cambio lleva la imagen de una mujer, cuyo recuerdo le quema el alma: vuelve á entrar al palacio encantado de la felicidad ó á caer en el oscuro abismo de la desesperación.

En la vida de un joven hay un momento supremo; es aquel en que la mirada de una mujer penetra en el fondo de su alma.

¡Un amor feliz! ¡Un amor imposible! ¡Un amor desgraciado! He aquí la síntesis de una vida de lágrimas y desesperación ó de dichas y alegrías. Son términos que encierran un mundo de poéticas ilusiones, de silenciosas lágrimas, de largos días de esperar, de eternas noches de insomnio, de hermoso despertar á la clara luz del sol, que alumbra la frente del objeto amado, ó de tristes diálogos con el astro de la noche, esa pálida mensajera de los amantes desgraciados.[38]

Preciso es decirlo: si Hortensia quedó triste y pensativa después de haber conocido á Alfredo, éste se fue ebrio, loco de amor y de esperanza.[39]

Recordó que siempre la había visto sola sin su esposo, lo que prueba, dijo Alfredo, que vive alejada de él; sin duda á esto debe atribuirse que yo la creyera viuda. Quiso recordar cuándo y cómo la conoció, pero no pudo darse cuenta; solo conservaba su fisonomía en la memoria, como si desde el primer día hubiera quedado grabada en su alma.

¿Dónde conoció Alfredo a Hortensia? No sabremos decirlo. Tal

---

38   En este párrafo, Cabello de Carbonera utiliza los tropos más manidos del romanticismo literario y prefigura la trama de su propia novela en los capítulos a seguir. Si bien hay una nota de simpatía por el sufrimiento del personaje, víctima de su pasión amorosa, también presenta una crítica que se desarrollará con más amplitud y vigor a través de la novela.

39   La reacción diametralmente opuesta de los amantes ante la misma realidad es señalada por la narradora como un hecho incongruente. Hortensia, como mujer razonable, «quedó triste y pensativa», mientras que Alfredo, aparentemente ciego a los peligros y dilemas morales de la situación, se va «loco de amor y de esperanza».

vez la conoció cuando ella, recién casada, iba con el corazón vacío y el alma entristecida en pos del ruido de los salones, corriendo de los paseos á los bailes, y queriendo hallar en esa algazara mundana, lenitivo á los crueles dolores del alma.

Quizá fue en esos salones donde se va obligada por un compromiso, arrastrada por la vanidad, donde se habla, se rie, se charla, se baila, se hacen ardientes declaraciones, sin que en nada tome parte el corazón. Especie de comedia en que cada cual se propone ocultar lo que verdaderamente siente, lo que tiene, lo que posee, lo que es. Allí donde mujeres como Hortensia, son planta exótica que no se asimila á otra: donde hombres como Alfredo, son astros errantes que pasan desapercibidos, porque no los acompaña el deslumbrador brillo del oro.[40]

Alfredo era un joven poco conocido en los elegantes y aristocráticos salones de Lima, pero muy conocido y estimado entre los hombres de talento que á la sazón formaban el cuerpo de escritores y periodistas. Su vida contemplativa y su carácter melancólico habíanlo alejado de aquella sociedad opuesta de todo en todo á sus gustos é inclinaciones.

Como acabamos de referir, Hortensia vió á Alfredo y corrió á recibirle, sin poder ocultar la profunda emoción que se pintaba en su semblante.

El saludo fue casi mudo, ni uno ni otro pudieron articular una sola palabra.

Mas, ¿qué importaban las palabras cuando los ojos, con elocuente lenguaje, eran apenas suficientes para expresar lo que sus almas sentían?[41]

Hortensia[42] como mujer experimentada, procuró dominarse, y pronto su semblante tomó su habitual serenidad.

Alfredo quiso apresurarse á dar una explicación de su inesperada visita, y dijo:

—Perdone Vd., señora, que vuelva á molestar su atención para reclamarla ese trabajo literario que la rogué escribiera usted.

Hortensia no supo qué contestar: recordaba su terminante negativa á tomar parte en esa publicación. No quería dar una contes-

---

40   Cabello de Carbonera critica duramente la superficialidad de la sociedad limeña reunida en los salones para jugar una «especie de comedia» donde sólo luce el engaño.

41   Alusión al tropo romántico por excelencia, los ojos de los amantes, los cuales hablan un lenguaje secreto, misterioso y mudo para los demás, rico en matices para aquellos que aman y lo comprenden.

42   En las dos ediciones hay un error tipográfico repetido, y dice Hortencia.

tación que pudiera herir á Alfredo, tampoco quería quedar comprometida á escribir aquel trabajo para el que tenía tan poca disposición de ánimo, así que como una evasiva contestó:

—Lo que yo escribiera sería como una nota discordante en el hermoso coro de alabanzas de esa publicación religiosa.

—¿No quiere Vd. formar parte de ese coro? dijo sonriendo Alfredo. Usted que tanto debe saber amar y tan bien expresar sus sentimientos?

—El amor á Dios debe expresarse con buenas acciones, mejor que con bellas palabras, replicó Hortensia risueña y graciosamente.

—Hay un amor, dijo Alfredo, que vive no solo de palabras bellas, sino tambien de ilusiones y esperanzas. ¿Conoce Vd. ese amor?

—El amor, contestó Hortensia en tono de burla, es una quimera que he relegado al olvido.

—¡Ah! es decir que alguna vez lo conoció.

—Sí, dijo Hortensia, como una quimera, un pasatiempo de los salones, esto es para mí el amor.

—¿Usted que parece nacida para amar y ser amada no conoce el amor?

—Ni lo he sentido ni creo en él.

—Y si un hombre que jamás ha amado y que no ha hecho del amor un pasatiempo, ni lo cree una quimera, viniera donde Vd., y con el tono de la verdad y las lágrimas de emoción la dijera, postrándose de rodillas: ¡La amo, tenga compación de mí!..

Hortensia comprendió que se encontraba en uno de esos momentos supremos en que tenía que recurrir á toda la serenidad de su carácter, para no dejarse fascinar por aquellos ojos apasionados que la miraban, por aquella voz vibrante y enamorada que tan honda resonancia encontraba en su alma, y fingiendo sonreír y con tono festivo dijo:

—Creería que ese hombre me amaba en ese momento, es decir, que sentía esa quimera, ese vano sueño de la fantasía, ese juego de salón que llamamos amor.

—¡Ah! dijo Alfredo con amargo acento, el amor es, señora, lo mas bello, lo mas grande, lo mas puro que hay en la creación.

—Sí, dijo Hortensia en el mismo tono, lástima grande que hasta ahora no haya dado señales de vida, sino en la soñadora imaginación de los poetas.

—Eso es una blasfemia en boca de una mujer. Yo creo que el corazón de la mujer no puede vivir sin amor.

—Sí, es verdad, agregó Hortensia con amarga ironía; todas las mujeres aman, porque en el amor encuentran el único porvenir aceptable que les depara la sociedad. Hacen del amor lo que la modista con una tela, lo cortan según el patrón que necesitan, ajustándolo á la moda, á las condiciones sociales, y á las exigencias de su vida, y cuando han hecho todo esto, lo encuentran tan mal, que á poco de usarlo les cansa y les fastidia. ¿Sabe Vd. agregó Hortensia, por qué no creo en el amor? Porque no lo he visto jamás tal como yo lo comprendo. Ese amor acomodaticio y de conveniencia, vaciado en el molde de las necesidades de la vida social, no es mas que una pobre caricatura, que ni siquiera remeda la verdad. El amor para mí, es un sentimiento que absorbe toda una vida, que sobrevive á los ultrajes tiránicos de la vejez y aun al frío helado de la muerte. Es sed hidrópica del alma, que jamás satisfecha ni en el delirio de la pasión, ni en la saciedad de los sentidos, ella sola puede darnos una idea de la inmortalidad y de lo infinito...[43]

—Hortensia, dijo Alfredo hondamente apasionado, hay un hombre que la ama á Vd. así.

Hortensia iba á continuar su interrumpida definición del amor, y no pudo decir una palabra más; aquella brusca declaración á la que tal vez ella había dado lugar, la dejó cortada y confusa.

—No, así solo aman algunas mujeres.

—Acaba usted de decirme, sin embargo, que las mujeres han hecho una caricatura del amor.

—Es verdad, pero me he referido al vulgo de las mujeres: ¿cree Vd. acaso que todas las que llevan faldas son verdaderamente mujeres por el sentimiento y por el corazón? ¡ah! muchas hay que mejor debieran llevar las plumas del pavo real!

—Y al decir esto Hortensia soltó una carcajada, con esa risa nerviosa que es indicio de profunda emoción. Alfredo apenas se sonrió, por temor de desviar la conversación del punto á que había llegado, y como si no hubiera escuchado esta amarga sátira agregó:

---

43 En este extenso discurso sobre el amor, Hortensia expone las teorías de Cabello de Carbonera sobre la comercialización del amor por medio del matrimonio de conveniencia, y da su propia definición del amor que se suscribe a la visión romántica.

—¡Ah! si yo alcanzara el amor de una mujer que supiera amar como Vd. define el amor, mi vida sería corta para pasarla á sus pies en extática contemplación.

—Estamos en un siglo, dijo con frialdad Hortensia, en el que las Doroteas y las Eloisas van desapareciendo cada día más para dar lugar á las Marión Delorme ó Ninon de Lenclos, que son las que hoy reinan en el corazón de los hombres.[44]

—Tal vez han desaparecido las Doroteas y las Eloisas, pero yo os aseguro, señora, que quedan los Werthers y los Abelardos.[45]

—Sí, Werthers y Abelardos de veinte y cuatro horas, y que cuentan en su vida tantas Doroteas y Eloisas, cuantas son las épocas que han amado.

—Señora, exclamó Alfredo con voz conmovida, cuando se ha llegado á mi edad sin encontrar esa mujer ideal que se ha buscado y se ha amado toda la vida, puede decírsele una vez que se la halla: Mi destino, mi existencia, mi porvenir está en vuestra manos, decidid de mi vida ó de mi muerte.

Hortensia, que se había propuesto no dejarse fascinar por aquel lenguaje que tan honda resonancia encontraba en su alma, procuró dominarse, y con burlona sonrisa dijo:

—Habla Vd. en un estilo tan sentimental, que me parece estar leyendo un romance caballeresco.

Así siguió la conversación: atacando con empeño de un lado, y defendiéndose con astucia del otro.

Al fin, Alfredo comprendió que debía retirarse.

Adios, señora, dijo extendiendo la mano en señal de despedida.

—*Hasta mañana*, contesto Hortensia con una mirada expresiva, y acentuando estas palabras.

---

44 Las referencias a los personajes literarios y a las cortesanas, dentro del contexto de la conversación apuntan a la decadencia del romanticismo y al surgimiento del amor como moneda de pago. No obstante, los personajes reales aludidos, si bien son mujeres de mundo, también llegan a ser intelectuales respetadas por no sólo su belleza, sino por su inteligencia y sabiduría. En realidad, estas mujeres tienen mucho en común con Hortensia a pesar de significar la ruptura con el amor romántico. Dorotea, hace referencia al personaje de Cervantes en *El Ingenioso Hidalgo Don quijote de la Mancha*. Eloísa, se refiere a los amantes más célebres del medioevo, Eloísa d'Argenteuil (1101?-1164) y Pedro Abelardo (1079-1142), que dará nombre a la protagonista de la novela de Jean-Jacques Rousseau, *Julie ou la Nouvelle Héloïse* (1761). Marion Delorme (1613-1650) fue una cortesana y «salonière» francesa a quien Alfred de Vigny (*Cinq Mars*) y Victor Hugo (*Marion Delorme*) dedicaron novelas. Ninon de Lenclos (1620-1705) fue una autora y cortesana francesa, quien también se distinguió por su salón de gran prestigio entre los intelectuales de la época.

45 *Werther*: Protagonista de la novela epistolar, *Las desventuras del joven Werther*, de Johan Wolfgang von Goethe (1774).

Alfredo estrechó la mano de la señora de Montalvo, y sin poder dominarse la llevó á sus labios; esta quiso retirarla con dignidad, pero ya era tarde; á su pesar palideció, una ligera exclamación, mas de emoción que de disgusto, escapose de sus labios.

Cuando Alfredo hubo salido, se levantó agitada y tomándose la cabeza con ambas manos, exclamó:

—¡Dios mío, qué es lo que pasa por mí!

VII
Alfredo Salas

Alfredo reunía, al atractivo de simpática figura, las seducciones de una elevada inteligencia y un bello carácter.

En su mirar dulce, en su voz simpática y suave, en su serena y elevada frente, revelábase su alma poética y soñadora. Esto no impedía que su apostura gallarda y desenvuelta fuera muy baronil.[46] Diríase que por su esquisita sensibilidad era un alma femenina con toda la virilidad y energía del hombre.[47]

Alfredo era tipo raro en nuestras sociedades tristemente agitadas por frias egoístas pasiones.

Cuando se separó de Hortensia quedó entregado á exaltadísimas reflexiones.

Cada una de las palabras de esta era nueva chispa que caía en su corazón, aumentando el fuego que lo devoraba.

—Ella sin duda ha hablado del amor con vehemencia para alentar mi pasión, decía con marcadas muestras de satisfacción. Todas sus ideas, todas sus palabras son un nuevo incentivo á mis esperanzas. Su corazón que ella dejome entrever insensible hasta hoy á los dulce trasportes de la pasión; su altivo desprecio por ese amor convencional sujeto á todas las exigencias sociales, y que tan lejos está del amor puro é inmenso que ella concibe y puede sentir; su alma, esa alma ardiente y que sin embargo no conoce del amor sino los áridos deberes del matrimonio; todo esto me da derecho á creer que ella puede amarme; si, repetía por la centésima vez, ella puede amarme y debo esperar un porvenir de dichas y de amores.

¿Qué había sido mientras tanto de la espiritual y fantástica Hortensia?

---

46   En la versión del periódico *La nación*, sobre la cual está basado la edición del libro, la palabra aparece con su correcta ortografía, «varonil».

47   Cabello de Carbonera define el personaje de Alfredo Salas dentro de las convenciones del personaje romántico. Es decir, un hombre de sensibilidad «exquisita», capaz de sentir emociones a un nivel extremo; de ahí que la típica «feminización» que se opera en el personaje masculino romántico la obligue a insistir en la masculinidad de Alfredo, mediante el uso del adjetivo «varonil», y su caracterización como «alma femenina con toda la virilidad y energía del hombre».

¡Ah! de qué manera tan diversa sentía ella los primeros trasportes del amor.

Para la mujer, pedir amores es pedir lágrimas y penas. Para el hombre, pedir amores es pedir placeres y felicidades.[48]

Hortensia pasó toda la noche en completo insomnio.

Cuando comprendió que amaba á Alfredo como jamás había amado, con ese amor soñado de continuo, que tanto en sus austeridades de madre de familia como en sus locos devaneos había llevado en su mente como un ideal; cuando comprendió que desde ese momento no había ya para ella voluntad, idea, vida, mundo, cielo, porque toda su voluntad, todas sus ideas, toda su vida, todo, habíase reconcentrado en una sola pasión que vino á ser el foco de donde debía irradiar el calor que alimentara su vida; entonces tembló por su porvenir y pensó que aún era tiempo de volver atrás.

¡Retroceder en el amor! ¡Qué imposible! ¡Apagar el fuego de una pasión! ¡Qué absurdo! ¿Puede acaso el torrente detener el curso de su impetuosa corriente?

¿Puede reducirse á cenizas sin que antes arda el combustible que ha prendido fuego en el alma?

Hortensia creyó que esa su voluntad siempre fuerte y vigorosa, que en[49] los trances difíciles de su vida fué obediente ejecutora de su razón, sería hoy la misma, tratándose de acallar su corazón: creyó que esos amores efímeros y transitorios que aceptara como juegos de salón, como ella decía, haciendo de ellos un pasatiempo, sin cuidarse jamás de sus trascendencias, porque tampoco jamás habían hecho palpitar su corazón ni herido su alma, con ese fuego irresistible de la pasión; creyó que hoy como antes podría dominar su alma y mandar en su corazón.

Resolvió, pues, no recibir á Alfredo, si como era seguro volvía, atraído por aquel *hasta mañana* que ella al despedirse, pronunció con temeraria imprudencia.

Pero en seguida se decía:

—¿Por qué me alarmo yo de este amor? Un hombre no inspira una pasión invencible sino cuando posee cualidades sobresalientes y extraordinarias. ¿Qué hay en Alfredo que pueda subyugarme, escla-

---

48   La autora enfatiza una vez más la desventajosa situación de la mujer con respecto al amor y sus consecuencias. Subraya en varios pasajes el conflicto interno que batalla en Hortensia entre el deber y la pasión mientras que Alfredo sólo percibe la felicidad que le depara el amor de Hortensia.

49   En ambas ediciones se repite dos veces «en». Este es otro ejemplo de una repetición de los errores tipográficos de la primera edición del folletín.

vizarme hasta quitarme la voluntad? ¿Acaso es el primero que veo llegar-Mil otros, mil otros muy superiores á él acaso, han interesado ni por un momento mi corazón? ¡Bah! Muy luego huiré de este como he huido de otros, hastiada y disgustada de su amor...

Y como si ninguna de estas explicaciones fueran suficientes á calmar sus alarmas, volvió a preguntarse:

—¿Qué hay en Alfredo que así tiemblo á la idea de aproximarme á él?

Nosotros, como ella tambien, preguntaremos: ¿Qué había en Alfredo que así subyugaba el corazón de la orgullosa señora Montalvo? ¿Quién puede explicar por qué se ama á este hombre mejor que aquel? ¿Por qué se ama hoy y no se amó ayer?

El amor, es de todos los sentimientos el mas espontáneo, el mas independiente de la reflexión, y el mas ajeno á la voluntad. Amamos, cuando el amor puede ser un manantial de dolores y aflicciones, y dejamos de amar cuando el amor puede hacer en nuestra vida un cielo de eterna ventura. El amor se apodera tan súbitamente del corazón y lo invade con tal fuerza y rapidez, que antes de haber deliberado si podemos amar, el amor nos habla ya mas alto que la razón, y sentimos que ya no amamos, en el momento mismo que mas quisieramos amar.

Después de mil vacilaciones, Hortensia dijo:

—No, no debo recibir á Alfredo.

Mientras ella formaba este proyecto, apoyada por una firme resolución, Alfredo en su casa miraba su reloj cada cuarto de hora, desesperado de que el tiempo corriera tan lentamente.

Al fin, media hora antes que el día anterior, con el corazón lleno de esperanzas y la mente poblada de sueños encaminose á casa de la señora Montalvo, no sin hacerse antes arreglar y perfumar sus sedosas patillas y abundantes cabellos.

En el tiempo que tardó en llegar á la casa, pensaba en lo que diría y en la manera como lo recibiría ella.

Mas ¿cómo explicar que á pesar de haber hecho la intención de no recibir á Alfredo, cuando se aproximó la hora en que debía venir, cambió su bata de muselina blanca por rico vestido de seda y arregló sus cabellos con esquisito esmero? Es que en su alma había formidable, tremenda lucha entre el deber y el amor, entre la cabeza y el corazón.

—No debo recibirlo, se decía una y mil veces, y sin embargo complacíase en arreglar su tocado, colocándose una flor ó una cinta y diciendo:

—Si hoy lo recibiera, quizá él me encontraría mejor que ayer.

En este momento, la fresca voz de Antonia anunció:

—El señor Alfredo Salas acaba de llegar.

Hortensia estremecióse al oír este nombre; como si un golpe eléctrico la impeliera, dió dos pasos hacía adelante; pero bien pronto detúvose, y dominando su emoción, procuró serenarse, y después de corto silencio, con voz firme dijo:

—Dile que tome asiento.

—¿Cómo podremos explicar lo que pasó en el ánimo de Hortensia? En el primer momento pensó que dejar de volar hacia aquel hombre, que la atraía como poderoso imán, eran tan imposible para ella como dejar de vivir ó detener los latidos del corazón; pero luego reflexionó que su deber era luchar, aunque fuera en vano, y resistir, aunque esto pareciera imposible, sin dejarse arrastrar por la corriente de su naciente pasión.

Y como para consolarse y alentar su desfallecido espíritu, se dijo: «Así también pondré á prueba el amor de Alfredo.»

—Antonia, dí al señor Alfredo Salas que una indisposición me priva del placer de recibirle, dijo con voz fuerte y segura.

Alfredo, que escuchaba fijamente el menor ruido, esperando sentir el crujir de la seda de un vestido, oyó aquella voz que llegó hasta su corazón, haciendo acelerar sus tumultuosos latidos. Por un momento pensó que soñaba; tan ajeno estaba de recibir esta extraña contestación. Después de reflexionar un momento:

—Dí á la señora, contestó, que lamento el mal estado de su salud, y que mañana volveré á saber como se encuentra.

Hortensia pasó todo el día en continua agitación; creía que Alfredo volvería, no al día siguiente, sino luego, dentro de una hora, dentro de un momento; cada vez que el timbre de la campanilla sonaba, su corazón latía con violencia, creyendo escuchar aquel nombre que ya tenía para ella ese *no sé qué* inexplicable que tiene el nombre del ser amado.

A las cinco de la tarde, miraba distraídamente á la calle desde el medio del salón de recibo, cuando vió pasar un jinete en un hermoso caballo alazán: era él, Alfredo que pasaba mirando la puerta del salón.

Alfredo detuvo su caballo, y ambos quedaron por un momento in-móviles, en apasionada contemplación.

Y ¡cosa rara! ninguno de los dos pensó que debían saludarse.

¿Para qué? ¿Acaso habían dejado de verse? Cada cual llevaba en su corazón la imagen del otro, y ni un momento dejaron de contem-plarse desde el momento en que se separaron.

Alfredo comprendió con esa perspicacia de los enamorados felices, lo que pasaba en el corazón de Hortensia: comprendió la lucha, la bo-rrasca en que su alma se desatara, y regocijose á la idea de este sufri-miento, que le revelaba un mundo de risueñas esperanzas.

¡El amor es tan egoísta!..

Al siguiente día voló á casa de Hortensia; pero como el anterior, la misma negativa le fue dada. Aunque en honor de la verdad, di-remos que esta negativa era ya más por poner á prueba el amor de Al-fredo que por sostener su defallecida[50] virtud.

La pasión iba acallando toda otra voz que no fuera la que á su pesar le acercaba al hombre que era ya dueño de su corazón.

Cuando el amor ilumina el alma, desaparece toda otra luz, como desaparecen las estrellas con la radiante claridad del sol.

Ocho días consecutivos fué á casa de Hortensia, y siempre recibía la misma contestación.

—La señora está enferma; ó la señora no está en casa.

Porque dicho sea en su honor, no tanto de la cultura de nuestras costumbres cuanto de la sencillez y liberalidad de ellas, en Lima no es consentido ni usado contestar á un amigo que viene á la casa, cual-quiera que sea la hora á que llegue ó el traje en que se encuentren los dueños de la casa, no es admitido decirle:

—La señora no está visible; ó la señora no recibe hoy.

Cualquiera de estas dos contestaciones sería tomada por una des-airosa despedida. Esto, si bien no es muy cómodo para los que se ven obligados á recibir, es ventajoso para los amigos y enamorados.

No pudo, pues, excusarse de recibir á Alfredo, sino bajo el pre-texto de enfermedad, lo que daba lugar á que él volviera al día si-guiente á informarse del estado de su salud.

Hortensia esperaba la hora de su llegada con el alma intranquila

---

50   *Desfallecida:* débil, postrada.

y el corazón palpitante. Cuando el timbre de la campanilla le anunciaba que él acababa de llegar, corría trémula y ansiosa á mirar su hermosa figura. Al verla mirando por entre los cristales de la puerta, ni mas ni menos que si fuera tímida doncella que no se atreve á llegar hasta donde su amante, ¿quién hubiera creído que aquella era la mujer altanera y coqueta que parecía haber gastado su corazón y disipado sus sentimientos en su alegre, aunque corta vida, en medio de los alegres salones de Lima?.. Hortensia, sin embargo, amaba por la primera vez de su vida, y amaba con toda la intensidad y la pureza de una joven de quince años.

Alfredo estaba desesperado. Ocho días de esperar cuando el corazón cuenta cada día como un siglo, esto era horrible, insoportable; era más de lo que su amor y su impaciencia podían sufrir. Pensó escribirla una carta pintándola su amor, sus angustias, su desesperada situación y su inmensa y ardiente pasión; pero escribir una carta amorosa para una mujer como Hortensia, es asunto cuyas escabrosidades no se ocultan á la perspicacia de un hombre inteligente como Alfredo.

—Una declaración amorosa, decía, está bien dirigida por un estudiante de derecho á una modistilla callejera, pero yo no debo escribir; ella se reiría de mi amor si llegara por medio de una esquela amorosa.

Prefirió, pues, apurar en silencio su amargura y esperar una propicia oportunidad. Esta no se hace esperar mucho cuando el amor hace latir unísonos los corazones.

VIII
Un diálogo á la luz de la luna

Una noche Hortensia quiso salir en compañía de algunas amigas, á pasearse por los alrededores de la Exposición,[51] á gozar, dijo ella, de la claridad de la luna, á buscar, diremos nosotros, la claridad de unos ojos á cuya luz esperaba ver su felicidad.

¿Por qué iba á buscar á Alfredo en aquel lugar? Sin duda porque aquel silencioso y poético paraje creyó que era el mas apropiado para que él adormeciera sus penas.

Además, cuando una mujer delicada busca á un hombre, quiere encontrarlo por casualidad y no yendo directamente donde él.

Sus esperanzas no quedaron defraudadas.

Alfredo estaba allí, pálido, triste, meditabundo, con la frente descubierta y los abundosos cabellos levemente mecidos por la fría brisa de la noche, que besaba su abrasada frente.

—Que lejos estaba de encontrarlo aquí, dijo Hortensia, después de saludarlo.

—Y yo estaba aún mas lejos de tener la dicha de verla á usted.

—¿Qué hacía Vd. tan solitario? dijo Hortensia con tono festivo.

—Hablaba con la luna, contestó con acento de ternura Alfredo.

—Bien se conoce que es Vd. poeta.

—Cuando la mujer que amamos se niega á escucharnos, no nos queda mas recurso que hablarle á la luna: ella es la mensajera de los amantes desgraciados.

—La luna, dijo Hortensia, es mala mensajera, ella solo habla con los que quieren interrogarla.

—¿Nunca ha interrogado Vd. á la luna? dijo Alfredo con cariñosa entonación.

—Cuando la he interrogado no me ha dicho nada, dijo Hortensia procurando dominar la alegría que á su pesar hacía temblar su voz.

—Interróguela Vd. alguna vez, que la contará el poema de un

---

51   Parque localizado en el centro de la ciudad de Lima con edificios y pabellones de estilo neo-renacentista, entre ellos el Palacio de Exposiciones que hoy acoge el Museo de Arte de Lima.

amor desgraciado que ella sola conoce.

—Ya le he dicho, señor Salas; los poemas amorosos, ya sean felices ó desgraciados, sólo existen en los libros de los poetas, pero no en su corazón.[52]

—Lo que está en el corazón no puede la pluma expresar, dijo con pasión Alfredo.

—El amor de los poetas, dijo riendo Hortensia, aseméjase á los celajes de una tarde primaveral, cuando se les ve mas brillantes, mas radiosos y bellos cámbianse en negros nubarrones que oscurecen y manchan el cielo.

—Hay sin embargo excepciones, dijo Alfredo con intención.

—¿Pretende Vd. por ventura ser la excepción?

—Sí, contestó con pasión Alfredo, y de ello me vanaglorio, como aquel joven árabe al que le preguntaba Sahid con sarcástica risa: ¿A qué tribu perteneceis? —Yo soy, contestó, de la tribu de los que saben morir de amor.—Yo también, señora, soy de esa tribu.

—Hoy solo mueren de amor los que mueren de tisis galopante, dijo Hortensia riendo para ocultar su turbación.

—Cuántas veces es preferible la muerte á una interminable agonía, exclamó Alfredo con pasión, y mirándola con ternura agregó: ¿Quereis que mañana os refiera el poema que le he contado á la luna? mañana á la hora de todos los días iré allá y os referiré lo que solo la luna conoce. ¿Me esperareis?

—Preguntádselo á la luna, dijo Hortensia.

Y partió, yendo á reunirse á un grupo de amigas que no lejos de allí la aguardaban.

Hortensia cortó tan bruscamente la conversación, porque comprendió que continuándola podía decir mas de lo que quería dejar conocer.

Hubiera dado sin embargo su vida por manifestarle á Alfredo todo lo que su corazón sentía; pero abstúvose de hacerlo.

¿Por qué? sin duda porque ella, como muchas mujeres, conocía que el amor es como ciertos venenos; para que produzca grandes efectos es necesario administrarlo en pequeñas dosis.

---

52   En la edición del folletín de *La Nación*, la palabra aparece en plural, «sus corazones».

IX
Esperanzas desvanecidas

Al día siguiente, Alfredo se dirigió á casa de su amada. Esta vez no iba, como las anteriores, con el corazón oprimido y el semblante contraído por la aflicción y la duda.

Iba alegre, jovial, decidor. En el camino encontró a un antiguo amigo con quien ciertos asuntos de interés habían resfriado la amistad, hasta el punto de estar ya extinguida. Cuando lo vió abrióle los brazos.

—¿Cómo estás, querido? le dijo con jovial expresión.

—Bien, y tú, ¿cómo estás?

—Así; siempre arrastrando las penas, dijo Alfredo, queriendo ocultar su alegría.

—Hombre, ¡qué buen mozo me has parecido!

—¿Es verdad lo que me dices? contestó candorosamente Alfredo, sin duda deseando que su amigo confirmara esta observación, que era en ese momento una promesa de felicidad.

—¡Oh! Sí te encuentro arrogante.

—Gracias por la galantería; adios, querido.

Y despidióse del amigo temiendo estar perdiendo momentos de dicha.

—Qué bueno es Alfredo, dijo el amigo cuando estuvo solo. Se conoce que quiere perdonarme los quinientos soles [(1)]53 que le debo.

Sin embargo, él estuvo muy lejos de acordarse de la deuda ni de los quinientos soles.

La necesidad nos hace ser buenos por egoísmo.

Por eso las buenas acciones del hombre feliz no son tan meritorias como las del desgraciado.

Cuando Alfredo llegó a casa de la señora Montalvo, tiró la puerta, creyendo que para evitar la presencia de la criada, se la hubiera dejado junta! Con gran asombro la encontró cerrada. Tiró el cordón de la

---

53   (1) Moneda peruana que equivale á un peso. (Nota de la autora)

campanilla y después de largo rato, como si nadie le esperase, salió Antonia.

—La señorita está en la calle.

Debemos advertir que en Lima los criados acostumbran llamar señorita á la señora de la casa, aunque tenga ochenta años y haga cuarenta que es casada.

Esta vez Alfredo se desesperó. La indignación, la rabia, el amor propio herido, todo se sublevó en su alma, y sin decir una sola palabra salió de la casa, resuelto á no volver más.

En su indignación decía:

—Hortensia quiere burlarse de mí. Acostumbrada á esos amores frívolos que no duran mas que lo que tarda la embriaguez de un vals ó el perfume de una flor, no comprende la verdadera pasión. No es la mujer que yo creía haber encontrado. La lisonja y la vanidad han muerto su corazón y pervertido su alma. Yo debo huir de ella como de un mal: debo olvidarla, porque es la mujer opuesta á la que yo busco y sueño.

Pero á vuelta de pocos días, pensó que Hortensia podía ser verdaderamente virtuosa: que tal vez por un exagerado celo del deber, se negaba á recibirle; que era imposible que aquellos ojos tan bellos le mintieran; que aquella fisonomía tan apasionada no fuera la expresión de un ardiente corazón.

Pocos días después, Hortensia tuvo necesidad de mandar á casa de Alfredo á llevar unos libros, decía ella, pero en realidad á saber cómo estaba Alfredo. En lugar de mandar, como de costumbre, al sirviente, prefirió mandar á Antonia, sin duda pensando que las mujeres son mas perspicaces y observadoras y pueden sorprender las mas leves impresiones del hombre, del que se quiere saber hasta las sonrisas y los suspiros que haya dado.

Cuando Antonia, llegó donde Alfredo, este corrió á recibirla lleno de gozo.

Entre Antonia y Alfredo existía ya esa confianza y afecto que tienen los criados por los amigos de sus amos. En las distintas veces que éste fué á informarse de la salud de la señora, muchas había trabado conversación con Antonia; así que ya podían llamarse antiguos conocidos.

—¿Qué me traes, querida Antonia?

—Este libro que manda la señorita, dijo Antonia con sencillez.

—¿No te ha dicho nada para mí?

—No, me dijo que se lo entregara y le diera las gracias en su nombre.

—Y dime, ¿ya está curada de sus dolencias?

—Al contrario, cada día me parece mas enferma. Y ¿cómo no ha de estarlo, cuando desde hace poco tiempo está tomando unas costumbres que son capaces de enfermar á las piedras, no digo á una persona delicada como ella?

—¿Qué es lo que hace? Cuéntamelo, para poder aconsejarla que cambie su modo de vivir.

—Figúrese Vd. que por la noche, en lugar de acostarse como lo ha hecho siempre, se vá al jardín y se está allí hasta las dos y tres de la mañana: otras veces se sienta á escribir, y muchas veces aclara el día y ella no piensa en acostarse.

—¿Y siempre pasa las noches sola?

—Sí, porque el señor solo viene á las cinco ó seis de la mañana.

—¡Pobre Hortensia! exclamó Alfredo sin dejarse oír por Antonia, que satisfecha de haber entablado conversación con el señor Alfredo Salas, no quiso perder el hilo y continuó diciendo:

—La señorita es muy desgraciada; sin ir muy lejos, anoche no mas, la he oído llorar largo rato. Todo su consuelo es tocar el piano ó escribir. ¿Qué escribirá tanto esta pobre niña?

—Escribirá tal vez á su familia, que como tú sabes, reside en el pueblo de D . .[54]

—No, señor, dijo Antonia cada vez mas complacida de poder dar tantas noticias de su ama, si escribe en un libro que lo guarda con gran cuidado en un cajón cuya llave lleva siempre consigo. [55]

—¿Y cómo ves tú que escribe toda la noche?

—Porque yo duermo en la habitación que sigue de su dormitorio.

Después de un momento de silencio continuó diciendo:

—Lo peor del caso es que yo también estoy pagando los desvelos de la señorita, porque ha dado en dejar abierta la puerta que da al

---

54   Recordamos al lector que la familia de N. tuvo que trasladarse, por razones económicas, al pobre pueblo de B.: «su familia tuvo que ir á ocultar en triste y solitario pueblo del Norte del Perú». Puede ser éste un error de imprenta, un olvido de la autora o una alusión a otro pueblo en el cual vivía una rama de la familia.

55   En este episodio, la narradora utiliza otra técnica narrativa romántica para avanzar la trama: el diario privado leído a hurtadillas.

jardín, y como el aire se cuela hasta mi cuarto, hace quince días que estoy con un constipado que no se me quita con nada.

Y Antonia tosió fuertemente, como para dar un testimonio de sus palabras.

—Toma un poco de jarabe pectoral, dijo Alfredo sonriéndose.

—¿Qué he de tomar nada cuando la causa del constipado es una maldita puerta abierta? Ya yo le he dicho á la señorita que me va á matar si sigue así; pero ella dice que necesita el aire puro de las plantas, que tiene opresión al pecho y que cuando cierra la puerta se le enardece de tal manera la cabeza, que parece que va á darle un ataque cerebral.

Fácilmente se comprenderá con cuanta ansia escucharía Alfredo estos pormenores. Cada uno de ellos era para él indicio de favorables esperanzas y un dato importante para lo futuro. Antonia por su parte estaba complacidísima de poder echar una mano de conversación, porque según decía ella, se le pasaban los días sin tener con quien hablar, porque una criada de estimación no ha de ponerse á conversar mano á mano con el mayordomo ni con el cocinero de la casa, y á la señorita hacia tiempo que la notaba triste y silenciosa, negándose á hablar hasta con sus amigas.

Alfredo quiso aprovechar esta oportunidad para saber algo que siempre interesa y tortura el corazón del hombre que ama á una mujer casada.

—Dime, Antonia, y cuando el señor viene por la mañana, ¿no le desaprueba á la señorita el que esté levantada hasta esa hora, ó es que no va donde ella cuando llega de la calle?

—Casi nunca entra donde ella, porque como casi siempre viene *tomadito*,[56] no se atreve á dejarse ver; porque es preciso que sepa Vd. que así tan buena y cariñosa que es ella, se hace respetar por el señor: ella no es de las que gritan, hablan y lloran como locas; pero cuando arruga las cejas y se pone seria, el señor no sabe lo que le pasa.

—¡Oh! Eso es admirable, dijo Alfredo pensativo.

Antonia siguió hablando largo rato, pero ya Alfredo no la escuchaba; sabía lo que le interesaba y eso le bastaba.

—Siempre que puedas ven á visitarme, la dijo Alfredo cuando Antonia se despidió.

---

56   *Tomadito:* bebido, borracho.

No haya temor de que Antonia no vuelva: la charla de los criados ha sido y será siempre el gran recurso de los enamorados. ¡Y ellos gustan tanto de charlar!..

Cuando Hortensia interrogó á Antonia sobre lo que le había dicho Alfredo, la contestó:

—No he hecho mas que entregarle los libros y salirme.

Tal vez si Antonia no hubiera charlado tanto, hubiera sido más explícita para hablar con su ama.

X
El diario de Hortensia

Hacía varios días que Alfredo meditaba sobre las revelaciones que Antonia le hiciera. Muchos días habían transcurrido sin alcanzar ver á Hortensia, ésta como siempre, se negaba a recibirlo.

Encontrábase desesperado y sin saber qué resolución tomar.

Unas veces pensaba que aprovechándose de las sombras de la noche y de los datos que tenía para poder llegar hasta donde ella, podía ir á hablarla, á hacerla abrasarse en el fuego en que él ardía, ó morir á sus pies de amor y desesperación.

Pero á seguida pensaba que aquello de entrar furtivamente donde una dama que no lo espera ni lo ha llamado, era indigno de un hombre delicado y de un caballero que se estima.

A vuelta de pocos momentos volvía á presentársele, como una tentación irresistible, aquella puerta abierta, aquel libro de Memorias en que Hortensia vertía su alma toda, sin temor, sin sujetar a restricción sus sentimientos; aquel aislamiento en que la veía, todo esto era un incentivo á su esperanza y un estímulo á su imaginación, que lo arrastraba á pesar suyo.

—Hortensia, decía Alfredo, es de esas mujeres que, como dice un autor, buscan el amor como el sol, cuando se oculta y huyen de él cuando las abraza. Ella huye de mí, porque sabe que al acercarse se abrasaría en la inmensa hoguera que ella con sus miradas y sus palabras ha encendido. Mientras tanto, yo no puedo vivir un día mas en esta angustiosa situación. Saber que me ama y no haberlo escuchado de sus labios. Poder mirarme en esos ojos que me hablan de amor, y estar privado de su vista. Sentir á todo momento la atracción de su alma, y vivir alejado de ella. No, esta situación no debe, no puede durar mas tiempo.

Y después, como si tomara una resolución decisiva, suprema, agregaba:

—Yo me acercaré á ella; yo la veré cuando su artificiosa sonrisa no se interponga á mi vista, como un velo que me oculta su corazón. Yo la veré cuando habla con su propia conciencia y descubre los arcanos de su alma. Yo sorprenderé los secretos de ese corazón que guarda avaro un tesoro que me pertenece, si, me pertenece, á mí solo. Yo sé que ella me ama; no me falta mas que obligarla, impulsarla á revelarme lo que me oculta como un secreto. En las batallas del amor, lo mismo que en las de los ejércitos, puede mas la astucia y el valor que las armas y las posiciones. No seré yo ciertamente, agregaba con rabia, el que pierda una batalla por falta de valor y de astucia. Esta noche, suceda lo que suceda, iré donde Hortensia.

Después de un momento de reflexión agregaba:

—Entraré antes que cierren[57] la puerta de calle; puedo ocultarme en el jardín y allí aguardar la hora en que pueda llegar hasta ella.

Alfredo cumplió su programa al pié de la letra. A las diez de la noche se introdujo en el jardín de la casa. Allí esperó la oportunidad de salir de su escondite.

Vió á Antonia que entraba y salía preparando lo necesario para la cena de la señorita. Después de largo rato, todo quedó en completo silencio. La puerta que comunicaba con las habitaciones de Hortensia: aquella puerta que era causa de los constipados de Antonia, quedó abierta.

La luz de la segunda sala la apagó Antonia, y vió que se retiraba a su dormitorio.

Esperó mas de una hora.

Eran las doce de la noche cuando se aventuró á entrar en las habitaciones.

Antes de traspasar el dintel de la primera puerta, que daba á una habitación que estaba casi á oscuras. Alfredo se detuvo, dudando si pasaría adelante: todo su cuerpo temblaba, y puede decirse que por un momento su ánimo desfalleció. Pero miró a pocos pasos de él aquel suntuoso dormitorio donde podía ver sin reserva y sin ningún temor á la mujer que amaba con toda su alma, y recobró el valor que por un momento le faltara.

Adelantó algunos pasos favorecido por lo muelle de las alfombras de la habitación contigua al dormitorio de Hortensia. En este mo-

---

57   En las dos ediciones, los tipógrafos han cometido un error o lo han repetido: «cieren» por «cierren».

mento detúvose, como si una mano invisible lo sujetara: acababa de oír un profundo y doloroso sollozo.

—Es la voz de Hortensia, dijo, y un calofrío corrió por todo su cuerpo.

Después de haber escuchado ese sollozo, ninguna fuerza humana hubiera detenido sus pasos.

Avanzó hasta colocarse en el dintel de la puerta donde se encontraba ella.

Desde allí veía lo que pasaba y hasta sentía el deleitoso perfume de la habitación. Vió á Hortensia recostada en un sofá, con el rostro oculto entre ambas manos y llorando silenciosamente; algunas veces se dejaba sentir el triste sollozo que inmediatamente reprimía.

Después de largo rato de silencioso llanto, hizo un brusco movimiento, se incorporó como si quisiera disipar las ideas que la atormentaban. Permaneció un momento con la cabeza inclinada, apoyándose en uno de sus brazos y mirando fijamente al suelo; al fin se levantó, y dando un profundo suspiro, adelantose lenta, grave y majestuosamente en medio de aquel silencioso gabinete.

Llevaba una rica bata de cachemir color granate, que realzaba la blancura de sus manos y de su cuello.

Alfredo se asió al respaldo de una silla, como si temiera que el temblor de su cuerpo produjera algún ruido.

Con la mirada lúcida, la respiración anhelosa y el corazón palpitante, contempló con ansia aquella mujer objeto de su adoración, la encontró bellísima, casi fantástica. En sus mejillas, enrojecidas por el llanto, se veían brillar algunas lágrimas como gotas de rocío sobre la roja flor del granado[58].

Se adelantó á su escritorio sin producir al andar ruido alguno, le abrió, acercó un sillón, se sentó y se oyó el ruido de una llave que acababa de sacar de su portamoneda. Sacó un libro que abrió en la primera página, se puso a leer, y después de un corto rato, tomó la pluma y principio á escribir.

Una idea pasó por la mente de Alfredo que le hizo estremecerse, como si viera un abismo.

—Es necesario, dijo, que yo lea lo que escribe: esas páginas me revelarán el secreto de su llanto y la causa de su inexplicable conducta para

---

58   *Granado*: Árbol de la familia de las punicáceas de cinco a seis metros de altura con flores rojas y cuyo fruto es la granada.

conmigo. No es posible retroceder cuando tal vez voy á tocar el encantado cielo de mi dicha, ó cuando menos veré el desenlace de este drama en que se interesa la felicidad de mi vida y la tranquilidad de mi alma.

Decidido á arrostrarlo todo para salvar la angustiosa situación en que se hallaba, adelantó silenciosamente. El ligero ruido que producía la pluma que corría con impetuosidad y lo muelle de la alfombra le favorecieron, y pudo llegar sin ser oído hasta colocarse detrás del sillón en que estaba sentada Hortensia.

Alfredo llevó ambas manos á su pecho como si quisiera detener los violentos y tumultuosos latidos de su corazón; sus oídos zumbaban cual si furioso huracán pasara por su cabeza, sus ojos se nublaron y por un momento temió no poder leer lo que escribía Hortensia.

Al fin después de un momento, pudo leer lo siguiente:

> «¡Cuán triste estoy! ... Mi alma está agobiada al peso de un dolor inmenso, profundo ... En medio de la felicidad de un amor correspondido, siento la desesperación, la amargura de un amor desgraciado, de un amor cuyo horizonte es negro, sombrío como el de tempestuosa noche. Toda la alegría que siento al lado de Alfredo, se nubla, se oscurece apenas estoy sola conmigo misma.
> » ¿Por qué esta inexplicable contradicción? ¿Es acaso un crimen el inmenso y puro amor que siento? Un crimen este amor?[59]
> »No, no puede ser.
> »Un sentimiento que predispone el alma á todos los grandes sacrificios y abre el corazón á todas las grandes aspiraciones, no puede, no debe ser un amor criminal.
> » ¿A quién ofendo amando así?
> »El único hombre que tiene derecho á exigirme amor, ni me lo pide, ni le importa que yo se lo niegue.
> »El sabe bien que yo jamás le amé. Sabe que al darle mi mano fuéme imposible darle mi corazón.
> »Y sin embargo. ¡Cuánto me aflije no poder amar al único hombre que debía ocupar mi corazón!
> »¡Cuán caro he pagado el crimen de casarme sin amor!.. [60]
> »Yo creía vivir siempre como viví una época entre el ruido y el bullicio atronador de las fiestas, sin pensar que el amor es una necesidad del alma, que tarde ó temprano debemos satisfacer.
> »Yo miraba el amor como un pasatiempo, necesario tan solo para amenizar una fiesta ó hacer reír un cuarto de hora... ¡Ah! Yo creía

---

59   En ambas versiones falta el signo de interrogación inicial. Hemos respetado el original dejando los errores de puntuación, el uso de mayúsculas y otras faltas menores.

60   Cabello hace confesar a su protagonista su pecado trágico: el matrimonio por conveniencia y sin amor. Esta falla es la que la llevara al trágico desenlace que ella cree merecer, pero que Alfredo ni siquiera sospecha.

que mi corazón estaba muerto y que el amor no sería en mi vida, sino un fugaz destello que había alumbrado mi temprana juventud.

»No fue así, por mi mal.

»Y ya tarde, muy tarde, siento los estremecimientos de una inmensa pasión que conmueve mi corazón con emociones para mí desconocidas.

» ¿Y Alfredo podrá amarme como yo le amo?...

»Esta duda me destroza el alma.

» ¡Y yo que no he podido amar mas que á él!

» ¡Yo que me reído del amor de tantos hombres sin que ninguno haya alcanzado á interesarme! ¿Cómo es que hoy siento una pasión que me domina y que no alcanzo á combatir?

» ¿Qué es lo que en mi pasa que así he roto con mi pasado?

» ¿Es acaso Alfredo distinto de los demás hombres?

»Muchas veces me he hecho esta misma pregunta.

» ¡Ah! es que yo amo en Alfredo su grande y noble corazón y su alma generosa y bella.

» ¿Quién sino él puede darme un amor puro y espiritual como el que mi corazón anhela?

» ¿Quién sino él puede comprender los arrebatos de un corazón que quiere conciliar el amor con la virtud, la pasión con el deber y la felicidad con el respeto que debo a mi posición?

» ¿A dónde hallaré sino en su corazón esa ternura infinita que puede hacer de la vida un paraíso y del amor un sueño de ventura?

» ¿Quién sino él puede darme ese amor grande, inmenso, que después de jurarme que será eterno, me jura también que será puro como el de los ángeles; porque él es custodio de mi honor que guardará sacrificando todas las aspiraciones que nacen de la pasión? ... ¡Gracias, amado mío! Yo retornaré con toda la ternura de mi alma el sacrificio que haces á la virtud de esta mujer que solo puede ser feliz mientras no tenga delante de sí ninguna falta de que avergonzarse...

»Amame así, amame siempre, Alfredo mío, que el cielo premiará algún día nuestros sacrificios ...»[61]

Hortensia escribió estas páginas al correr de la pluma y sin detenerse sino para enjugar alguna lágrima que rodaba próxima á caer sobre el papel. Alfredo, con la mirada lúcida y la respiración anhelante, seguía la mano de Hortensia cual si escribiera su sentencia de vida ó muerte. A medida que fue leyendo, su fisonomía se serenó, tomando una expresión de infinita ternura: algunas veces se pasaba la mano por los ojos como si temiera estar soñando.

---

61   El discurso apasionado que Hortensia vierte en su diario adquiere visos irónicos al final de la historia ante el comportamiento de Alfredo.

Cuando Hortensia hubo terminado de escribir, pensó arrojarse á sus pies, pedirla perdón por haber traspasado el dintel de su alcoba, ese santuario donde él no podía llegar sino llamado por ella: pero un temor lo detuvo; temió irritarla y desafiar su indignación, esto era arriesgar demasiado cuando acababa de vislumbrar la luz de su eterna felicidad.

¿Qué más podía desear? ¿No había descubierto que era amado mas de lo que él se imaginaba? Además, un hombre que se aprovecha de las sombras de la noche para llegar furtivamente, como un ladrón á sorprender y apoderarse de un secreto, tiene su lado temerario y repugnante que Alfredo, como hombre delicado é inteligente supo valorizar. Si lo tomó como un recurso supremo que resolviera sus dudas, y calmara su desesperación, no debía revelarlo á la mujer amada.

Resolvió, pues, retirarse renunciando á este halagüeño proyecto.

La elegante lámpara que ardía en el escritorio estaba velada por una gran pantalla que, proyectando su vívida luz sobre el lugar en que estaba, dejaba la habitación en un claro oscuro que favorecía su salida.

Principió á caminar de puntillas y retrocediendo, como para alejarse del punto iluminado por la lámpara.

Cuando llegó á la habitación contigua, respiró con toda la fuerza de sus pulmones, como si su pecho, comprimido al peso de tantas y diversas emociones, le hubiera limitado el aire que respiraba.

Hortensia oyó esta respiración, y levantándose asustada, gritó:

—Antonia, ¡Antonia!

Un ronquido mas bien que una voz oyóse en el dormitorio de Antonia.

—¿Qué estas levantada todavía? dijo Hortensia con la voz siempre temblorosa.

—No, señorita, hace rato que estoy acostada y hasta he dormido.

—Creía haber oído pasos, dijo Hortensia tranquilizándose.

Alfredo huyó precipitadamente, y cuando Hortensia salió con una bujía, dijo:

—Será el aire que entra del jardín, y cerró la puerta.

XI
La sociedad de la señora Montalvo

Ya hemos dicho que Hortensia recibía á sus amigos dos veces por semana.

De ordinario estas reuniones se componían de algunas antiguas amigas de la casa y de un reducido número de amigos. Cuando uno de estos días de recepción llegaba en alguna gran fiesta de la iglesia ó de la patria, los concurrentes aumentaban, á pesar de las escasas invitaciones que se hacían.

Era el 24 de Diciembre, víspera de Navidad y día de recepción en casa de Hortensia.

En la última vez que ella estuvo con Alfredo habíalo invitado para que concurriera á sus reuniones: él prometió venir en primera oportunidad.

Los criados de la casa, que ignoraban este incidente, no podían explicarse por qué la señorita, como ellos decían, preparaba con tan delicado esmero una exquisita cena y contra su costumbre preocupábase aún de los pormenores más insignificantes del servicio.

—¡Ella, decía Antonia, que es tan enemiga de aparatosa ostentación, tan llana, tan sencilla, que aunque sepa que viene un príncipe no se afana ni se molesta por nadie! Ya se vé, como todo lo que tiene en la casa es rico y elegante...

—Sin duda, agregaba Juan, habrá invitado á alguna de esas señoronas acaudaladas y exigentes que solo encuentran bueno lo que tienen en su casa.

—Ya me lo habría avisado, decía Antonia meditabunda.

—Lo cierto es que la señorita está tan contenta, tan activa, tan solícita para todo lo de la casa, como nunca la he visto.

—Sí, dijo Antonia, por exceso de esmero iba á cometer una falta estupenda, garrafal. Figúrate que por considerar ciertos platos nacionales, como muy ordinarios y vulgares, quería presentar una cena de Navidad sin tamales ni chicharrones.[62] Ave María! Eso hubiera sido tan feo como ese señor de enfrente, que vino á visitar á la señorita con gorro de casa y no con sombrero; porque el gorro tenía borlas y bordados de oro. ¡Una cena de Noche Buena sin tamales ni chicharrones!

Antonia y Juan largaron la mas ingenua carcajada, como si se hubiera tratado de cometer un estupendo disparate.

No andaban tan equivocados en sus observaciones sobre la conducta de su ama. Jamás habíase ocupado, como esta vez, en los pormenores y minuciosidades del servicio, deteniéndose con extrema complacencia ya en colocar un jarron de flores aquí, ya un frutero de esquisita y delicada fruta mas allá, deshaciendo muchas veces lo que había hecho para hacerlo nuevamente.

Al ver á Hortensia agitada, anhelosa, fácilmente se adivinaba que mas que las atenciones domésticas, agitábanla encontradas y poderosas pasiones.

Cuando salió de su tocador, Antonia observó que había durado media hora mas que de ordinario.

Llevaba un rico vestido de raso azul celeste adornado con caprichosos y elegantes prendidos de gasa de Italia. En la cabeza y en el pecho tenía un pequeño y delicado ramillete de flores naturales.

Alfredo no empleó menos tiempo ni menos esmero en el atavío de su persona. En tanto que se vestía, complacíase en discurrir sobre su ventajosa condición respecto á su amor y pretenciones.

—A pesar, decía, de la excentricidad de Hortensia de no recibirme en privado, me da una significativa prueba de deferencia invitándome á concurrir á sus recepciones semanales. Después de la dicha que tuve de leer lo que escribía la noche pasada, vislumbro un cielo de ventura en mi porvenir.

Las personas que concurrían á los salones de Hortensia, eran personas ilustradas. No con aquella distinción é ilustración heráldica que solo viene con las virtudes y con los honores de los muertos; ni tampoco con aquella otra distinción del oro, que en el Perú despide las mal-olientes emanaciones del guano ó tiene el acredejo[63] del sa-

---

62   *Tamales:* Plato típico peruano de origen prehispánico que puede ser dulce o salado según su contenido. *Chicharrones:* Fritura de carne, típicamente de cerdo cortado en pequeños trozos, cocida hasta quedar crocante.

63   En ambas ediciones aparece la palabra «acredejo». Seguramente, es otro error tipográfico. Debería leerse: «acre dejo del salitre»

litre.[64] Los amigos de la señora Montalvo llevaban aquella distinción que solo imprime el talento ó la honradez, que es la única que parece sellada por la mano misma de Dios, pues que es imperecedera á los ultrajes de la suerte y del tiempo.

Como era natural entre personas de estas condiciones, la conversación era siempre amena, franca é interesante. Se discutían cuestiones sociales y temas filosóficos que excitaban el entusiasmo y aguzaban la inteligencia.

Los que conozcan estos pueblos-niños donde la estrechez de la vida se relaciona con la estrechez de conocimientos y con la carencia de movimiento intelectual, nos objetarán que una sociedad como la que se reunía en casa de Hortensia es una creación tan ilusoria como imposible. Para nuestra justificación, diremos que de aquella sociedad no salió jamás ningun presidente de la República ni ningun ministro de Estado elevado por las revoluciones y motines de cuartel.

Alfredo no fué de los primeros, á pesar de la prisa que se dio en llegar.

Cuando entró al salón, después del obligado saludo, pasó una mirada investigadora á todos los concurrentes. Todos eran conocidos ó amigos suyos, lo que excusó la ceremonia de las presentaciones.

Se habló de bellas artes y bellas letras, de política, tema obligado en nuestra sociedad, pero sobre todo esto, se habló de algo que parecía esparcir una atmósfera saturada de poesía y de voluptuosa alegría: se habló de amor.

Hortensia, como si aquella atmósfera fuera el elemento que vivificaba su alma, se mostraba mas que nunca animada, alegre, locuaz, expansiva. Era la iniciadora de estas conversaciones, que en esos momentos tenían para ella lo que el fuego para la mariposa: atracción irresistible.

Las mujeres manifiestan preferencia para recibir en sus salones mayor número de hombres que de mujeres. Esto explica por qué en casa de Hortensia los amigos superaban en mucho á las amigas. Para justificar esto, solía recordar aquella máxima que para ella siempre tuvo un gran fondo de verdad y que dice: «Que la amistad de dos mujeres no es sincera sino cuando hay de por medio el interés de una confidencia amorosa.»

---

64   Aquí Cabello de Carbonera hace referencia a la explotación del guano y del salitre que originó cambios fundamentales dentro de la economía peruana, y ocasionó también la creación de nuevas y colosales fortunas.

—¿Por qué es que jamás asiste vuestro esposo á estas reuniones? El es el único convidado que no concurre jamás....

A lo que agregó otra:

—Qué feliz sois, Hortensia! Contáis con el mayor bien de una casada, no ver nunca en la casa al marido.

—Jamás he estado en situación de conocer este beneficio, contestó ella con dignidad.

—Para gozar de ese beneficio, dijo la señora de B ... no se necesita más que haber pasado el primer acceso de esa enfermad que se llama amor.

—Sí, agregó la señora X., porque el amor como dice un autor, es al revés de las tercianas,[65] principia por la fiebre y concluye por el frío.

Hortensia no sonrió siquiera al oír esta comparación, que provocó la hilaridad en todos los que la oyeron, y con voz conmovida dijo:

—No soy de la misma opinión. Yo creo que el amor es un fuego tan grande, tan intenso que jamás se apaga ni puede extinguirse. Como que el amor es el fuego y nuestra alma su combustible.

—Hortensia, exclamó la señora de B... parece que no contara Vd. con la pesadumbre de ocho años de matrimonio. Tal habla Vd. del amor. El combustible que el marido aporta al amor es generalmente de tan mala calidad, que lejos de producir hoguera, produce tan solo humo acre, denso, que desespera y exita llanto, hasta que obliga á huir de tan insoportable hoguera.

—Si el amor no pudiera hallarse sino en el matrimonio, preciso sería borrar esa palabra del diccionario, dijo con amargura la señora Montalvo.

—A propósito, dijo uno de los concurrentes, ¿sabeis que se casa la señorita Delfina M. con el señor de N.?

—Ese matrimonio, dijo riendo la señora de B., lleva combustible mojado que no producirá mas que humo.

—Bien lo creo, agregó Hortensia, porque al siguiente día principia la lluvia de disgustos, de pesares, de contradicciones, pues solo el amor puede tornar soportables los defectos de los esposos.

—Yo digo del matrimonio, agregó la señora de B... lo mismo que dijo aquel que miraba en una galería de pinturas *Los siete sacramentos* del gran pintor Nicolás Poussin,[66] que observando que las figuras que

---

65   *Tercianas*: Se refiere a las llamadas fiebres tercianas o paludismo. Su causa, desconocida hasta el siglo diecinueve, radica en un parásito que vive en la sangre. Se contrae por medio de la picadura de la hembra del mosquito.

66   *Nicolás Poussin*: Pintor francés de estilo clásico que vivió la mayor parte de su vida en Roma (1595-1664).

representaban el *Bautismo*, la *Confirmación* y todos los demás sacramentos, notó que la figura que representaba el *Matrimonio* no correspondía á la admirable belleza de los otros y dijo: «Se conoce que un buen matrimonio es difícil hacerlo hasta en pintura.»

—A propósito del matrimonio de la señorita Delfina M., dijo Alfredo, ¿sabeis por qué en nuestros días son malos desde su base los matrimonios? Porque casi todos se hacen sin amor.

Hortensia se puso encarnada como si aquel reproche hubiera sido dirigido á ella.

—¿El señor N. se casa sin amar á la hermosa señorita Delfina Mora? preguntó Hortensia.

—Sí, dijo Alfredo, se casa sin amarla y para probároslo, voy á referir lo que ha pasado hace pocas noches en una reunión de amigos en la que nos anunció su próximo enlace.

Alfredo se levantó como si quisiera dar á sus palabras mayor acentuación, y con festivo tono dijo:

—Yo asistí á aquel convite por compromiso. Cuando estuvimos en la mesa, el señor N. dijo: «Amigos míos, os he reunido para despedirme de ustedes. Ya sabreis que me caso con la bella Delfina M».

—¿Cómo? dijo uno de los concurrentes: «Te despides porque te casas; ¿piensas acaso llevar la vida de Cartujo sin mas compañía que la de tu esposa?»

—Me caso, agregó el señor de N., para retirarme del torbellino de los placeres, que hace tantos años aniquilan mi cuerpo y fatigan mi espíritu. Estoy cansado de mujeres y puedo decir como Byron[67]: «Estoy harto de vicios, cuya variedad he probado hasta lo sumo.» Anhelo una vida sosegada y apacible, lejos del mundo y sus placeres, de los que ya siento hartazgo. Cuando la hermosa Delfina sea mía, luciré mi tesoro en todas partes y después me retiraré á disfrutar de la paz apetecida. Ese es mi idilio, reíos cuanto gusteis, pero es preciso que sepais que seré muy feliz.

—¡Feliz! le replicó uno de sus amigos. Yo no lo creo. Imagínate que tú vas á darle á esa joven un corazón gastado, que es como esta punta que arrojo á la calle después que el cigarro se ha consumido. Imagínate que en lugar de recogerlo uno de esos mendigos que ván por las calles, recogíeralo un joven que comprende las delicias de un

---

67   Lord Byron: George Gordon Byron (1788-1824). Poeta romántico, político y hombre de acción quien luchó en Grecia durante la lucha por su independencia del Imperio Otomano y murió de complicaciones luego de una fiebre.

buen habano, ¿no crees que lo arrojaría disgustado tan luego que lo haya probado? Hay mas: tú te casas para retirarte del mundo porque estás cansado de sus placeres; ¿sabes si la mujer con quien lo haces no pretende al contrario entrar en la sociedad y en el mundo por la única puerta que encuentra, que es la del matrimonio?[68]

—Si, dijo con tristeza Hortensia. Cuando dos aspiraciones opuestas, dos condiciones diversas, dos voluntades contrarias se unen para hacer el mismo viaje, es natural que sea lleno de luchas, de sinsabores y fracasos.

—Eso es tan cierto, dijo Alfredo, que la misma noche que el señor N. participaba su próximo enlace en los términos que os acabo de referir, la señorita Delfina decía á sus amigas: «Me caso porque se me presenta un brillante partido. Cuando sea la esposa del señor N., podré lucir, dar tertulias y poner en mi casa un tren que sea la admiración de cuantos hoy envidio.»

Nosotros decimos: hé aquí un tema para filosofar sobre la suerte de los malos

matrimonios; pero no siendo este nuestro propósito, continuaremos la historia de Hortensia.

Cuando llegó la hora de la cena, se comió, se bebió con el buen apetito que generalmente tienen los convidados, aunque estos sean tan espirituales y cortesanos como eran los convidados que concurrían á casa de la señora Montalvo.

Se habló del injusto criterio de los periódicos, se maldijo á los ídolos de barro de los partidos políticos que tan fatal influencia ejercen en la sociedad.

A las dos de la mañana se retiraron los convidados, sin notar que uno entre todos parecía ser el dueño de la casa, tan ajeno estaba á pensar en retirarse.

Este era Alfredo Salas.

---

68   Éste es otro ejemplo de la crítica de Cabello ante la limitada esfera de acción de la mujer y el mal uso de la institución matrimonial para adquirir un dejo de libertad personal.

XII
Amor y esperanzas

Cuando el último convidado se hubo retirado, Alfredo y Hortensia quedaron el uno frente al otro: esta palideció como el soldado que se vé atacado en sus últimos atrincheramientos; pero aún en estos supremos instantes pudo dominarse, y tomando tono festivo y natural, dijo:

—En toda la noche no he podido invitar á Vd. una copa de champaña, ¿quiere Vd. que la tomemos á la despedida?

—Gracias, dijo Alfredo, y sirvió dos copas que ambos apuraron, después de hacerse una expresiva venia. Al recoger Alfredo la copa de manos de Hortensia, sus dedos se chocaron involuntariamente, y ambos se estremecieron, cual si una corriente eléctrica los agitara.

Hortensia y Alfredo se miraron con mirada infinita, y por un momento quedaron en estática contemplación.

¿Qué decir? ¿Qué hacer?

Terrible situación para una mujer que debe luchar consigo misma y con el hombre que pretende reducirla.[69]

Alfredo cayó de rodillas exclamando:

—Hortensia, ¡yo la amo á Vd.! ¡yo la amo!..

La acción de arrodillarse un hombre á los pies de una mujer es tan vulgar y á veces tan ridícula, que de buen grado la suprimiríamos, si Alfredo no fuera de esos hombres que, como Alfredo de Musset,[70] pueden decir:

—Nunca he puesto en tierra mi rodilla sin poner también mi corazón.

—Alfredo, tenga piedad de mí, salga Vd. de aquí, se lo ruego, exclamó Hortensia con voz opaca y profundamente conmovida.

—¿Salir ahora? Imposible; no es para volverse con la duda y la desesperación para lo que se postra el hombre que ama á los pies de su ídolo.

—Escúcheme, Alfredo, dijo con desesperación Hortensia. Lo amo

---

69   Persuadir o atraer a alguien con razones y argumentos.
70   Poeta y dramaturgo francés nacido en París (1810-1857). Es considerado uno de los primeros románticos franceses.

á Vd. demasiado para hacerlo mi amante. No crea que era el orgullo, ni el amor propio, ni tampoco preocupaciones que jamás me esclavizaron, lo que me hacía huir de Vd. No; desde que lo amo, la sociedad, el honor, el mundo, la familia, son puntos apenas perceptibles en el horizonte infinito de mi amor.

—Sus palabras me enloquecen, exclamó Alfredo.

—Había para mí algo mas grande que todo eso, y era el porvenir de Vd., dijo con solemnidad Hortensia.

—Que yo escuche siempre sus palabras como ahora, y no le pediré á la suerte mas hermoso porvenir, exclamó trasportado de júbilo Alfredo.

—Usted no sabe hasta donde mi previsión ha ido á mirar su porvenir.

—Mi porvenir está en sus manos; disponga Vd. de él desde este momento.

—Escúcheme Vd. y no olvide lo que voy á decirle. Si he huido de usted, si mañana me alejo para no volverlo á ver mas...

—¿Qué es lo que dice Vd.? Eso no es posible. Dígame, ¿no es verdad que no piensa Vd. en tal cosa?

—Atiéndame Vd., agregó con tristeza Hortensia. Le he dicho que lo amo demasiado para hacerlo mi amante, y voy á explicarle mis palabras. Me horroriza la idea de verlo algún día como esos hombres, que, consagrados al amor de una mujer casada, llegan á la edad madura sin familia, sin hogar, sin lazos legítimos que les den en la sociedad los sagrados derechos del padre de familia. Son parásitos de la sociedad, que viven desgraciados, en medio de las satisfacciones de sus amores; esclavos en la libertad de su condición. Sin poder jamás tener el derecho de mostrar esa felicidad, porque ella es un crimen, sin poder hablar de su amor, porque ese amor es un delito; es un robo hecho á la sociedad, que necesita ese amor no como manantial de placeres, sino como centro de una familia.[71]

—Hortensia, por piedad, exclamó Alfredo desesperado. ¿Por qué me habla Vd. así en estos momentos, en que solo debemos pensar en ser felices y en amarnos eternamente?

—Aun tengo mucho que decirle, escúcheme usted; tal vez no pueda volverle á hablar mas.

---

71 Hortensia, a pesar del amor que siente por Alfredo, no quiere exponerlo a una sociedad regida por «el qué dirán».

—Por piedad se lo ruego no quiera Vd. amargarme estos momentos de inefable dicha!...

—Es que en estos momentos es preciso hablar lo que se ha pensado, se ha meditado, lo que se ha convertido en una tortura para el corazón y en continua preocupación para el pensamiento.

—¿Por qué se empeña Vd. en ese pesimismo que la hace ver el porvenir sombrío, cuando yo lo veo hermoso, brillante y feliz?...

—Yo no lo veo tan espantoso, tan horrible para ambos, que antes que sacrificarle á Vd. me sacrificaré yo.

—No hable Vd. de sacrificios, aquí no sacrificamos mas que las absurdas preocupaciones sociales.

—Se equivoca Vd. Sacrificará Vd. lo que hay de mas bello y mas noble en la vida, las satisfacciones y placeres de la familia, las dulces fruiciones del alma, que no pueden obtenerse sino en los goces tranquilos de la familia. Yo sacrificaré tambien lo que hay de mas sagrado y mas grande en la vida: la virtud y la conciencia.

—¿Qué importa todo eso si podemos ser felices? El amor vive de sacrificios; sacrifiquémonos mutuamente, dijo con entusiasmo Alfredo.

—No podremos ser felices, no, porque esos sacrificios se desestiman si solo traen remordimientos y pesares. Vd. verá en mí á la mujer que ha faltado á sus deberes; si, verá Vd. solo una mujer deshonrada.

—¡Oh, no hable Vd. así!...

—Yo misma tal vez no vea en Vd. sino al hombre que me conduce á la perdición.

—¡Dice Vd. que me ama, agregó con amargura Alfredo, y razona Ud. con tan frío cálculo y aventurada previsión!..

—¡Que mal conoce Vd. este corazón que le ama! No sabe Vd. que asegurar su felicidad es la sola ambición de mi alma; no comprende Vd. que si me horroriza la deshonra, si preveo lo porvenir, es solo porque tiemblo á la idea de que al perderme, le pierda á Vd. tambien.

—No, Hortensia, el amor espiritual es el crisol donde se purifican las aspiraciones y sentimientos, y mi amor para Vd. es puro como el de los ángeles.

—¿Es verdad lo que me dice Vd.? exclamó Hortensia con voz trémula y opaca.

—¡Oh! Lo juro por lo que hay de mas sagrado para mi en el mundo: por las cenizas de mis padres.

—¡Gracias, Alfredo! Esas palabras son una promesa de eterna felicidad.

—Créalas Vd., porque antes dejaré de existir que dejar de sostenerlas.

....

Alfredo se separó de su amada mas que nunca enamorado, y con el alma llena de ilusiones y el corazón de esperanzas.

¿Cumplió su promesa de amarla espiritualmente?

Sí, no lo dudamos. Alfredo era de esos hombres para quienes el amor llega á un grado de vehemencia, que trae el éxtasis, el arrobamiento,[72] en que parece que el cuerpo se anonada, se aniquila á la fuerza del sentimiento y de las emociones. Para esas naturalezas, el amor es espiritual por lo mismo que es intensísimo.

Platón no debió escribir su catecismo del amor para los que no pueden elevar su espíritu á las elevadas regiones del sentimiento y del ideal.[73]

Y vosotros, los que vivís en el fango de las pasiones y en la satisfacción grosera del amor, reíos cuanto gusteis del hombre que, como Alfredo, se aleja del lado de su amada dejando inmaculada su virtud.

Nosotros solo diremos: Alfredo vivía en una región superior...

---

72   Hemos corregido el error tipográfico que aparece en el original (arrobamionto).

73   La autora hace referencia al ensayo titulado «El Banquete de Platón», obra que muestra una serie de diálogos centrados en la ideología del Amor (Eros).

XIII
Reacciones

Desgraciadamente, si el amor espiritual es una realidad que nos remonta á elevadas y puras regiones, tambien es cierto que en esas elevadas alturas no podemos respirar largo tiempo sin sentir, como en las alturas de la tierra, la asfixia y tambien la muerte.

El espíritu no puede vivir á expensas del cuerpo, así como éste no puede vivir á expensas de aquel.

Las mujeres cautas, con una intuición asombrosa comprenden esta verdad, y huyen de los amores espirituales como de un precipicio donde puede perecer su virtud.

Por eso cuando Hortensia, después de haber dormido soñando amores y respirando felicidad, al despertar, su primera impresión fue el horror por su situación, y el arrepentimiento por su conducta, considerando esta pasión como un crimen. Y cuando después de haberse pintado su situación con los colores mas sombríos, después de haberse exajerado todos sus males y haberse horrorizado de sus desgracias, por una de esas evoluciones de la pasión, volvía sobre sí, y con la lojica del corazón, que tan pocas veces se armoniza con la lojica de las conveniencias sociales, decía:

—¿Es posible que un sentimiento que le da al alma la fortaleza que antes no tenía, que le devuelve al corazón la fé que había perdido, que exalta todos los nobles sentimientos, hasta hacernos capaces de los mas grandes sacrificios y de las mas nobles acciones, es posible que sea un crimen? Siento que en todo mi ser hay algo que ha crecido, que se ha agrandado, que se ha divinizado desde que amo. La pureza de mi alma, lejos de empañarse, la siento hoy mas que nunca brillar con los resplandores de un ideal. El escepticismo que de poco tiempo á esta parte helaba mi alma y enmudecía mi inteligencia, no existe ya, pues que creo en el amor, creo en todo lo grande, lo bello que hay en el mundo. Y en último extremo, si este amor es un crimen, el sacrificio, ¿no es la mas bella acción de la vida? Ante las leyes de la razón y de la naturaleza; ¿no sería mucho mas culpable si amara á un ser envilecido y degradado como mi esposo? En este amor ¿no está de por medio esa ley suprema de perfeccionamiento, que quiere que lo bello, lo bueno, lo perfecto se reproduzca y perpetúe, y que lo malo, lo imperfecto y degradado desaparezca y muera? [74]

Con estas reflexiones, aunque muy lógicas, terriblemente peligrosas, Hortensia hubiérase lanzado en brazos de su pasión, á no haber tenido consideraciones mas poderosas que la detuvieran.

Después de un momento de profunda reflección, dijo con amarga sonrisa:

—Yo estoy delirando; ¡que loca soy! Hablo del amor como si viviera fuera de todas las leyes sociales, que á mi pesar me subyugan y dominan. Y si por un esfuerzo supremo de mi voluntad, pudiera independizarme de ellas, no podría librar á Alfredo del anatema que pesa sobre el hombre que ama á una mujer casada. Por mas raciocinios que haga, tendré que reconocer que si este amor no es criminal, es un amor imposible. Entregarse á él sin luchar, sin huir, es indigno de una mujer que se estima y que pretende ser superior al vulgo de las demás mujeres. Al menos, si la fatalidad me arrastra á pesar mío, podré decir: «Nadie hizo tanto como yo.» Y cuando esas mujeres de alma de hielo y de virtud inconciente, pretendan juzgar mi corazón por el suyo y comparar su vida automática con mi vida tormentosa, tendré el derecho de erguirme, considerándome superior á ellas. Caer cuando se ha luchado; ser vencida cuando se ha resistido, no es un crimen, ni aun siquiera una falta. Yo lucharé; sí, yo lucharé hasta el último momento, hasta el último instante, y si el hado me niega todo consuelo, no me negará el de creerme siempre digna del amor de Alfredo. Pero para luchar, para salvarme, necesito alejarme de aquí, huir de la vista de Alfredo. Pretextaré el no haber visto este año á mis padres, para irme á B.., donde ellos se encuentran. Sí, dijo Hortensia, con firmeza, debo partir. Dentro de dos días sale un vapor del Callao,[75] y él me conducirá lejos de aquí.

---

74   La autora asienta una incipiente crítica social al sistema patriarcal imperante de la Lima decimonónica. Más tarde su crítica se acrecienta en la novela *Blanca Sol*.

75   *El Callao*: es una ciudad situada en el centro-oeste del Perú. Se ubica a orillas del Océano Pacífico al oeste de Lima. Desde la época colonial, el Callao ha sido el puerto marítimo de la ciudad de Lima, por tanto, uno de los más importantes del Perú. Hoy en día alberga al principal puerto del país y al Aeropuerto Internacional Jorge Chávez, por lo que se constituye en la principal puerta de entrada al Perú.

···

Hortensia principió inmediatamente sus aprestos de viaje, sin cuidarse de consultar la opinión de su esposo. Ella sabía por experiencia que él no desaprobaba ninguna de sus resoluciones, con tal que no atacaran, como él decía, su completa libertad é independencia.

No se equivocó; al siguiente día, cuando llegó de su acostumbrado paseo nocturno, apoyó con entusiasmo el proyecto de su esposa. Sin duda pensaba que así no tendría quien presenciara sus continuos desórdenes.

Cuando Alfredo corrió donde su amada con el corazón henchido de esperanzas y la mente de recuerdos, para recibir una caricia ó pedir una orden, quedóse estupefacto al ver la frialdad con que ella le anunció su resolución inquebrantable de partir al siguiente día.

—¿Qué es lo que pasa? exclamó. Su conducta se ha hecho para mi un enigma.

—No hay enigma, cuando el deber está de por medio.

—Pero es que yo no exijo nada.

—Mi resolución está tomada; mañana me alejaré de aquí para no volver en mucho tiempo.

—¿Ha pensado Vd. en las consecuencias de ese viaje?

—No le hablaré de mis sufrimientos, porque sé que pesan muy poco en el ánimo de Vd.; pero al menos, piense en las consecuencias que á usted puede traerle.

—Todo lo he pensado y …

—Va Vd. á dejar su casa, sus comodidades, una sociedad de la que es Vd. astro resplandeciente, un círculo de amigos que la aman y la respetan, todo para ir á confinarse en un triste y miserable pueblo del interior...

—Es preciso que así sea, dijo con tristeza Hortensia.

Por mas que Alfredo insistió, rogó, interpeló, no pudo alcanzar que Hortensia saliera del silencio en que se amurallaba, sin querer dar una explicación que lo tranquilizara.

—¿Y si yo me alejara? dijo Alfredo mirando á Hortensia.

—Antes que Vd. pueda hacerlo habré partido yo.

—Es decir...

—Que no nos veremos ya mas, dijo con frialdad la señora Montalvo.

Por la noche, volvió Alfredo con la esperanza de disuadirla de su tenaz propósito; ella había salido, según informes de Antonia, á hacer algunas despedidas, pues debía partir al siguiente día.

Desesperado y mas que nunca enamorado, fuése á casa de un amigo íntimo, esperando encontrar en la amistad el bálsamo que á veces cura los dolores del alma.

—¿Qué piensas del repentino viaje de la señora Montalvo? dijo, para traer la conversación al terreno que deseaba.

—Estará cansada de los desórdenes de su esposo.

—No creo sea esa la causa, dijo Alfredo, aparentando indiferencia.

—Entonces será para romper con algún antiguo amante y poder entrar con toda la libertad por la *rica*[76] y florida puerta que le ofrece el amor del caballero...

—Calla, murmuró Alfredo, no seas maldiciente.

—¡Oh! Si tú hubieras visto la que yo ví la noche pasada en casa de la señora de R...

—¿Qué viste? Habla, dijo Alfredo sin poder ocultar su ansiedad que, á su pesar, alteraba su semblante.

—Vi á la señora de Montalvo tan insinuante, tan amable, tan elocuente, tan expresiva con el señor Morel, y á él tan solícito, tan rendido, tan afectuoso, que francamente, para no ser maldiciente, es preciso ser un inocentón de tomo y lomo.

—Manuel, dijo Alfredo pálido y angustiado, ¿es verdad lo que acabas de decirme?

—No lo dudes. Pero... hombre, que pálido te has puesto; parece que tú tambien fueras del número...

—Del número, replicó Alfredo con el tono del orgullo ofendido, no sé si esa señora Montalvo tendrá algún amante, ni aun lo he sospechado, pero...

—Así somos los enamorados. Mientras tanto, en casa de la señora R. es cosa consagrada por la opinión pública.

Al escuchar esta inesperada revelación, Alfredo se estremeció de celos é indignación, y mesando los cabellos con arranque de desesperada rabia, dijo:

---

76 (Itálicas de la autora).

—¡Infames! Dime, ¿qué es lo que dicen?

—Que la señora Montalvo sostiene relaciones amorosas con el señor Morel; que si la vida desordenada de su esposo no la desespera ni contrista, es porque alguien la consuela.

—Eso no es cierto, exclamó con indignación Alfredo. La señora Montalvo, como señora inteligente, rinde culto al talento y á la ilustración.[77] Esa es la causa por qué se muestra cariñosa con el señor Morel, que como tú sabes es hombre de mérito. Además, si la vida de su esposo la entristece ó no, ¿quién puede saberlo? Ella no había de ir á contar sus penas al mundo entero.

—Alfredo, contestó su amigo, soltando una estrepitosa carcajada, te guardaba el secreto que estuvieras tan enamorado: acabas de hacer un raciocinio como todos los que hacemos los que llevamos esa tupida venda con que nos cubre los ojos el amor.

—Es verdad, exclamó Alfredo, la amo, sí, la amo como jamás he amado.

—Te compadezco, hijo, el amor es como el ajenjo,[78] al principio produce una deliciosa embriaguez, pero después quema las entrañas.

Larga, amena,[79] confidencial, fue la plática de los dos amigos. Alfredo refirió detalladamente todas las angustias, todas las esperanzas y torturas que en el corto lapso de tiempo que amaba á la señora Montalvo habían agitado su alma con emociones para él desconocidas. Después de haber exigido[80] el uno y prometido el otro el mas severo secreto, retiráronse juntos, Alfredo pensando ir á buscar en el sueño el olvido de sus penas y Manuel para ir al teatro, donde esperaba ver unos ojos que lo ejercitaban.

Caminaban tranquilamente cuando Alfredo se detuvo bruscamente exclamando: ¡Es ella!

En efecto, Hortensia, apoyada en el brazo del señor Morel, regresaba de sus visitas.

—Ya ves, dijo Manuel señalando á Hortensia que iba media cuadra delante de ellos, ya ves la confirmación de lo que acabo de decirte.

Cuando ambos amigos se aproximaron, oyeron este diálogo:

—¿Cuál es la causa que la obliga á este repentino viaje?

---

77 Cabello reafirma el aspecto racional, positivista de Hortensia al presentarla como una mujer que cultiva el arte y el intelecto.

78 Planta medicinal, amarga y algo aromática.

79 En la versión de folletín dice «amona»

80 Hemos corregido el error tipográfico que aparece en el original (axigido).

—Razones que no podría decir.

—¿Dice U. que al realizarlo hace inmenso sacrificio?

—Un sacrificio tan grande, que por evitarlo daría parte de mi vida.

—No me explico qué motivos puedan obligarla á tanto.

—¡Que hacer! Hay desgracias inevitables.

—¿Se sacrifica U. acaso á las exigencias de su esposo?

—Bien sabe U. que nunca me ha exigido mas que su completa libertad. Esta la tiene lo mismo cuando estoy lejos que cuando estoy cerca de él.

—Pero este viaje á B... es una verdadera desgracia para U. Ese pueblo es triste y miserable como pocos en el Perú.

—Sí, y á mí me parecerá mucho mas hoy que voy tan triste y contrariada.

—Evite U. señora, ese viaje.

—No podría evitarlo sino desapareciendo la causa que me obliga á salir de aquí.

Al oir Alfredo estas palabras con esa vehemencia que caracteriza á las organizaciones nerviosas, tomó una súbita determinación.

—Hasta mañana, le dijo á su amigo, á las dos de la tarde en la estación del tren del Callao,[81] y partió tomando opuesta dirección.

---

81   Entre los años 1850 y 1851 comienza a operar el ferrocarril Lima-Callao, el primero de Sudamérica. Este ferrocarril salía del mismo puerto y subía por toda a la avenida Colonial hasta la misma Plaza San Martín. También existió otro más pequeño al que lo llamaban «el urbanito», y éste sólo trasladaba gente en el mismo puerto.

XIV
El viaje

Al día siguiente así que llegó la hora de partir Hortensia sintió flaquear su voluntad y desfallecer su alma, agobiadas al enorme peso del sacrificio que intentaba consumar.

Absorta en su pensamiento, con la mirada fija, los brazos caidos, miraba indiferente los últimos aprestos de viaje que Antonia hacía diligente.

—¡Ah! decía, le amo y voy á dejarle! Vivir lejos de él! ¡Qué horrible suplicio! Despertarse todos los días para decir siempre lo mismo: Hoy no le veré. Y las horas y los días pasarán sin término, sin objeto, porque no llegará jamás ni la hora ni el día que debe traerle. ¡Vivir en soledad perpetua cuando hay un objeto que llena el Universo con su presencia! ¡Pasar la vida en eterno silencio cuando su voz tiene todas las dulces modulaciones de la armonía! ¡Vivir en eternas tinieblas cuando sus ojos tienen la luz que ilumina mi alma! ¡Pensar que ese corazón que hoy me pertenece, será[82] mañana de otra mujer, y cuando yo en mi desesperación le llame, ya otros brazos lo sujetarán lejos de mí!...Yo no tendré entonces ni el consuelo de decirle cuánto le amo, porque el amor es importuno si no es correspondido...

Después de un momento[83] de meditación, Hortensia continuó diciendo:

—Y bien mirado, ¿quién me obliga á hacer este sacrificio? ¿Es la sociedad? ¡Bah! Obedézcala y témala quien la tenga en mas que su felicidad. ¿Es acaso el deber? Pero el deber desaparece toda vez que en el matrimonio no existe el sagrado lazo del amor. Voy á sacrificar la felicidad, el amor, la vida, ¿á qué? á quién? ¿á un fantasma, á una palabra?... No, dijo con entereza Hortensia, lejos de sentirme orgullosa en el momento de consumar mi sacrificio, siéntome humillada, empequeñecida... Me sacrifico á las preocupaciones de los demás, á las opiniones del vulgo. ¿Voy á enterrarme en vida en un triste y

---

82   En la versión de folletín aparece como una sola palabra «pertenecerá»
83   Hemos corregido el error tipográfico que aparece en el original (momonto).

asolado pueblo donde no haré mas que llorar un estéril sacrificio? No, imposible. Si mi destino es amar á Alfredo, cumplámoslo, pues...

Y con voz enérgica, agregó dirigiéndose á Antonia que en ese momento llegaba con una carta en la mano:

—Antonia, suspende todos mis preparativos de viaje. Me quedo por hoy.

—¡Cómo! dijo asombrada Antonia; después de estar todo listo?

—Sí, me quedo.

—Esta carta han traído de donde el señor Salas.

Hortensia abrió temblorosa la carta cuya letra era de Alfredo. Decía así:

> Señora: No os alejeis de Lima: soy yo quien debo partir y cumplo mi deber. Adios para siempre.
> Alfredo Salas.

Después de la lectura de esta carta, Hortensia quedóse yerta de asombro, inmóvil, aterrada, sin darse cuenta de lo que acababa de leer.

—El criado que ha traido la carta me ha dicho que el señor Alfredo acaba de salir á tomar el tren y que parte para los Estados Unidos.

Una idea cruzó por la mente de Hortensia. Sin tardar más tiempo que el indispensable, cambió su vestido, colocóse un rico sombrero, y cubriéndose la cara con un espeso velo, salió á la calle, tomó un coche y dijo:

—A la estación del tren del Callao, á toda prisa.

Cuando el coche llegó á la plazuela de San Juan de Dios, fue preciso que se detuviera hasta que pasara un tren que atravesaba en ese momento los rieles.

Hortensia asomó la cabeza por la portezuela y un grito ahogado salió de su pecho.

Acababa de ver á Alfredo en uno de los wagones del tren.

Después de un momento de espera, el coche continuó su viaje sin que Hortensia atinara á dar contra-orden.

Cuando llegó á la estación, retirábanse los acompañantes que siempre van á despedir á los viajeros.

De en medio de uno de los grupos de los que salían, Hortensia oyó una voz que dijo:

—¡Pobre Alfredo! Se va triste, desesperado y resuelto á no volver mas.

Un doloroso gemido que en vano quiso ahogar Hortensia, contestó á estas palabras:

—¡Todo ha concluido para mí! exclamó cubriéndose el rostro inundado de amarguísimas lágrimas.

XV
Soledad

Después de aquel día en que vió partir á Alfredo, Hortensia tuvo fiebre, delirio, se temió por su vida, amenazada por horrible ataque cerebral.

Contra las predicciones de los médicos, no pudo restablecer su quebrantada salud, ni en la aristocrática villa de Chorrillos, ni bajo las umbrosas arboledas del poético Miraflores.[84]

El señor Montalvo abandonó Lima y fuése á viajar seguido de su esposa, que llevaba, mas que el cuerpo el alma enferma.

Los médicos, todos de acuerdo, convinieron que aquella tenaz enfermedad de abatimiento, de languidez, de tristeza, no tenía cura sino con viajes é impresiones que solazasen su espíritu.[85]

Seis meses hacía que viajaba por el interior del Perú, procurando aliviar sus dolencias; sin embargo, no lo había conseguido, y experimentaba siempre esa horrible sensación de disgusto, de melancolía, que solo puede curarse con la satisfacción de una necesidad del alma.

Muy difícil, casi imposible es dominar un pesar, un disgusto, una pasión amorosa, cuando llega hasta el punto de alterar la salud, debilitando el cuerpo, que trae por consecuencia el aniquilamiento de la voluntad.

Hortensia sentíase morir. Su cuerpo era demasiado débil para resistir la desgracia.

Sus mejillas palidecían horriblemente; su cuerpo postrábase visiblemente, sin que la medicina ni los viajes fueran parte á devolver el frescor á sus pálidas mejillas y la alegría á su entristecido corazón.

Su alma y su cuerpo eran como plantas entumecidas y sin lozanía, privadas por largo tiempo del sol.

---

84 *Chorrillos*: Distrito opulento de Lima que servía de lugar de veraneo para los acaudalados limeños. Fue casi totalmente destruido durante la Guerra del Pacífico (1879-1883). *Miraflores:* distrito de Lima, fundado por San Miguel de Miraflores, recibió el nombre de «Ciudad heroica» pues su población luchó valientemente durante la ocupación chilena en la Guerra del Pacífico.

85 El tropo del viaje del romántico convaleciente fue también tratado en la novela hispanoamericana, y muy notablemente, por Juana Manuela Gorriti en *Peregrinaciones de una alma triste* (1876).

De vuelta de sus largos viajes, eligió como su única residencia el risueño y poético pueblo de Miraflores, donde, según decía ella, terminaría los tristes días de su vida.

Algunas veces dedicaba largas horas á escribir en su álbum de memorias: allí vaciaba todo el sentimentalismo poético que rebosaba en su alma, dejando impresos con los caracteres de la escritura sus dolores, sus lágrimas y sus bellos sentimientos.

Leamos algunas de sus páginas.

En una decía así:

«Noche, soledad, tinieblas me circundan. El sol de mi felicidad se oscureció cuando apenas principiaba á lucir. De la brillante luz de la esperanza pasé á la tenebrosa *noche* del dolor....

He recorrido todos los parajes mas bellos y majestuosos de esta hermosa tierra del Perú.

En todas partes, ya fuera sobre la cumbre de los nevados Andes, en medio á la terrorífica tempestad, ó ya en las márgenes del imponente y caudaloso Amazonas, en todas partes sentía mis penas, ya acariciada por el dulce soplo del ambiente perfumado de las flores, ya perdida entre los vírgenes bosques del Amazonas, entre setos y cañaverales de lujurienta vegetación, en todas partes y por doquier sentía el vacío del corazón y la soledad del alma, que hacíanme exclamar:

—*El no está aquí.*

¿Sabéis lo que ellas significan? *El no está aquí*, y el mundo todo queda desierto. *El no está aquí*, y los bosques no tienen misteriosas voces y la fuente pierde su dulce murmurio, y las flores su embriagador perfume.

No hay desierto comparable al que deja en el corazón la ausencia del hombre amado. No hay silencio mas horrible que el silencio que guarda el alma á todas las impresiones que no le vienen de *él*.

¡Cuantas veces entre los bosques, ó bajo las sinuosidades de una techumbre de lianas y madre-selvas, busqué esa poesía sublime, llena de paz y de vida, que es para el alma como el tibio aliento maternal, que vivifica y conforta! Allí espere encontrar el beso de la tarde que serena el pensamiento, y la brisa de la noche, que refresca el corazón; allí creía respirar no esa atmósfera pesada, impregnada de preocupaciones á las que cobardemente sacrificamos nuestra felicidad; sino esa atmósfera tranquila con que la naturaleza, pródiga de bienes, nos colma siempre que á ella nos acercamos. Allí, lejos de las leyes sociales, creíme mas cerca de él, único hombre á quien he amado.

¡Que dulce me era entonces dejar volar el pensamiento de uno á otro sueño, de una á otra ficción, y asociando mis esperanzas, mis recuerdos y mis deseos á una sola imagen, á una sola aspiración, acompañada de toda la dulce vaguedad del idealismo, elevarme á un mundo de ficciones, á donde creía poder vivir una eternidad de amor y de felicidades!...

¡Qué impresiones tan inefables y desconocidas para el alma! ¡Qué pobre es el lenguaje humano cuando intenta expresar las emociones que agitan el espíritu!..

El amor halla en sus penas, como es sus felicidades, goces íntimos, y el alma enamorada gusta abrevarse de esa melancolía infinita, que trae la ausencia del ser amado, por mas que siente que el corazón se destroza en mil pedazos.

Así, vivo yo. Algunas veces, al escribir en este álbum que nadie talvez leerá, hemos dicho:

—Si algún día él recorre esta líneas; si la casualidad lleva hasta él estas páginas, escritas en mis horas de meditación y soledad, sabrá que si quise alejarme de su lado, si pensé huir de su presencia, fué solo porque quería salvarlo á él de la triste situación de amar á la mujer de otro hombre, y á mí de la horrible desgracia de verme des-honrada á sus ojos. Si he buscado la tempestad, si desafié el rayo y mi planta holló las altas cumbres del imponente y majestuoso Místi[86], fue porque en todas partes buscaba tempestades que aca-llaran las tempestades del corazón, y abismos que contrastaran los abismos de mi desgracia.

Al dejar Lima, díjeme, buscaré otros aires, otros horizontes que no estén como este aire y esta sociedad, impregnados de su presencia. Pero cuando se lleva una pena en el alma, su amargura se derrama donde quiera que vayamos.

Aquí, en esta soledad de Miraflores, siento algún consuelo; pa-réceme que esperara algo; creo que pronto pueden terminarse mis sufrimientos.

El volverá, dígome algunas veces, y esta esperanza al menos es un consuelo.»

....

Así escribía Hortensia, derramando en su libro de memorias todo el sentimiento y la poesía que rebosaba en su alma.

Cansada de viajes y cada día mas convencida de que su mal era irremediable, encerrose, como ya hemos dicho, en su poética resi-dencia de Miraflores.

---

86   *Místi:* volcán situado al sur del Perú cerca de la ciudad de Arequipa, a unos 2.400 metros sobre el nivel del mar.

Muchos de los que la vieron sustraerse obstinadamente á la sociedad y á los paseos, discurrían de este modo:

—Cuando una mujer de alta sociedad se aleja y parece refugiarse en sí misma, descuidando frecuentar sus amistades y sostener el lujo que formaba la aureola de su posición social, es porque tiene la fortuna ó el corazón heridos.

De ordinario permanecían cerradas las puertas del que, siguiendo la costumbre del país, llamaremos *rancho*, por mas que por su suntuoso aspecto y elegante construcción, sea mas bien magnífico palacio.

Este, como todos los de aquel lugar, estaba rodeado de un hermoso jardín, guardado por una reja de hierro.

El jardinero no podía explicarse por qué la señora Montalvo hablíale dado la orden de destruir y cegar todas las diamelas[87] con empeño tal como si sintiera aversión por esas flores.

—Parece, decía, que su dulce fragancia la produjera vértigo; tan mal se siente cuando por casualidad llega á aspirarla.

La señora Montalvo, al dar esta orden destructora decía por su parte:

—No quiero sentir ni el perfume de esas flores, que traen á la mente el recuerdo de la felicidad perdida: aquella noche que él me juraba que me amaría eternamente, llevaba yo un ramo de diamelas en el pecho, y junto con su perfume aspiré su amor. ¡Cuánto ha cambiado todo!...

Así vivía Hortensia, queriendo desechar de la memoria los recuerdos que tanto torturaban su alma, y hundiéndose no obstante cada día mas en ese abismo insondable del amor desgraciado.

87　*Diamelas:* planta perteneciente a la familia de las oleáceas, llamada también jazmín zambec o jazmín de Arabia, de flores blancas y muy perfumadas.

XVI
Después de un año de ausencia

Era una noche serena y templada, como son las noches del mes de Abril.

Un año había transcurrido desde el día fatal en que Alfredo, en un momento de celos, de desesperación y de rabia, había tomado la temeraria resolución de alejarse de Lima, para no tornar jamás.

Una luna radiante y hermosa iluminaba el encantador pueblecito de Miraflores. Era la época alegre y bulliciosa en que numerosas familias van á buscar á orillas del mar los placeres, la salud y el dulce solaz de la campiña. Una brisa húmeda y saturada de sales marinas, al mismo tiempo que del delicioso aroma de los prados, daba á la atmósfera esa voluptuosa temperatura que predispone el animo á amar y á soñar. El monótono rumor de las olas mezclábase al canto del nocturno ruiseñor[88], y el murmullo del arroyo al cadencioso ruido de los árboles que bordan el camino carretero que conduce á la capital.

Eran las siete de la noche.

Un joven vestido con esmero y elegancia, acababa de salir de la estación del tren y caminaba con acelerado paso, como si tuviera prisa en llegar.

Era Alfredo, que se dirigía á casa de Hortensia. Antes de llegar á la puerta de la casa, la primera persona que se presentó á su vista, fué su antigua amiga y conocida Antonia.

—¡El señor Alfredo! exclamó esta, corriendo á tomarle la mano.

Alfredo abrió los brazos y estrechó con efusión á la criada de Hortensia.

Antes que Alfredo tuviera tiempo de interrogar á Antonia, esta dijo:

—La señorita acaba de salir: si la viera, no la conocería; hace un año que sus males no tiene cura. El doctor dice que es mal moral; debe ser esta una enfermedad incurable, pues por mas que ha tomado

---

88   El canto del ruiseñor se asocia simbólicamente a la primavera, al ritual de la iniciación y al amor.

muchas medicinas, nada ha sido suficiente á aliviar sus dolencias.
¡Qué gusto va á tener la señorita cuando lo vea! Ayer sin ir mas lejos,
me decía que este mes hacia un año y dos meses que U. se fué de Lima.
¿Por qué se fué usted así, tan bruscamente, sin despedirse de nadie y
sin dar una explicación de la causa de su viaje? Yo creo que mucho ha
influido en la mala salud de la señorita la profunda impresión que le
hizo la inesperada partida de U. Ella ha estado viajando mucho
tiempo, porque el señor ha temido que estuviera atacada al pulmón,
y el cambio de temperatura decía que le convenía á su mal. ¡Pobre
señorita! ¡Si no cuenta un día bueno! Ahora está hace tiempo con el
tema de irse hasta los Estados Unidos, y el viaje está casi arreglado;
así es que cuando U. viene, ella se va.

Alfredo escuchó con marcadas muestras de regocijo la charla no-
ticiosa de Antonia. Despues que hubo terminado, contestole aparentando gran serenidad.

—Yo me fuí por asuntos de familia que exigían mi urgente asistencia: no fué posible que me despidiera, porque me faltó el tiempo.
Dime: ¿tardará mucho en venir la señorita?

—No debe tardar; ella casi nunca sale de la casa; ahora se fué á la
estación. ¿Cómo es que no la ha visto U. allá?

—Hela allí, exclamó Alfredo poniéndose pálido de emoción.

Hortensia, que venía apoyada en el brazo de una joven amiga
suya, no reconoció de pronto á Alfredo, y siguió caminando tranquila,
hasta que estuvo á poca distancia.

—¡Alfredo! exclamó Hortensia, soltándose del brazo de su amiga
y corriendo hacia él con los brazos abiertos y exhalando un grito de
alegría.

En este momento apareció en el dintel de la puerta el señor Montalvo.

El cuadro que presentan dos amantes que se estrechan después
de una larga ausencia, radiantes de alegría y ebrios de amor, es un
cuadro interesante para servir de modelo á un pintor ó de tema á un
novelista; pero horrible, atroz para un marido que en ese momento
descubre un secreto largo tiempo sospechado y temido.

Cuando Hortensia, despues de un largo y estrecho abrazo, volvió
la cara y vió á su esposo, palideció visiblemente.

Por un momento, quedaron todos estáticos, mudos.

Diríase que la fuerza irresistible de una idea impedía á cada cual la acción y el movimiento. El señor Montalvo miraba á su esposa, interrogándola con atónita mirada. Alfredo miraba también a Hortensia, como requiriéndola para que lo salvara de tan embarazosa situación.

Al fin ésta, dirigiéndose á su esposo, dijo:

—Querido mío, te presento al señor don Alfredo Salas, que aunque no te he hablado de él, es mi antiguo amigo.

El señor Montalvo articuló entre dientes algunas palabras de estilo, y dio dos pasos como para retirarse de allí.

Hortensia invitó á Alfredo para que pasase, y los tres entraron al salón de recibo.

La conversación fué animada por parte de Alfredo, y alegre, chispeante y bulliciosa por parte de Hortensia. El señor Montalvo habló poco y parecía distraído y absorto en sus meditaciones.

El hilo de un gran secreto acababa de descubrirse. Para un hombre mas sagaz y avisado que el esposo de Hortensia, aquellos ojos marchitos que rápidamente se reanimaron con la presencia de un fuego desconocido, cual si se iluminaran con una luz divina; aquella tez pálida que súbitamente se coloreaba como si un calor extraño la reanimara; aquella voz lánguida que poco ha apenas dejábase oir y que ahora vibraba sonora y armoniosa; todos estos indicios hubieran sido la revelación completa de lo que pasaba en el alma de su esposa; pero para el señor Montalvo, poco versado en dolencias amorosas, cuando estas sobrepasaban los pequeños y pasajeros efectos que él por propia experiencia conocía; no comprendió estos inesperados cambios; pues por propia cuenta no podía calcular que á tanto llegaran los efectos del amor.

Solamente aquel abrazo que la casualidad lo hizo presenciar, dejólo caviloso y conjeturando lo que aquello podía traerle.

Un abrazo tan apretado, es demasiado para no despertar las sospechas de un marido, aunque éste sea de tan escasa malicia como el señor Montalvo.

XVII
Horas sombrías

¿Para qué referir las escenas, los juramentos, los coloquios que tuvieron lugar entre ambos amantes? ¿En qué lenguaje puede expresarse, ni qué pincel puede reproducir la dicha de dos seres que se aman y se entregan felices y tranquilos á los dulces designios de su amor?...

¡Tranquilos! tal vez no...

La señora Montalvo guardaba en el fondo de su conciencia un remordimiento que la torturaba el alma.

Quizá si la fatídica sombra de su esposo, presentábase á su conciencia recordándola sus deberes y reclamándola su amor; pero para acallar esta acusación que jamás ninguna mujer puede evitar, si no lleva pervertido el corazón Hortensia decíase á si misma:

—¿Qué es lo que estoy obligada á darle á mi esposo?

No es el amor, puesto que ni él lo reclama, ni caso que lo tuviera, sabría retornármelo: tampoco es el deber lo que debe esclavizarme, pues que los deberes deben ser recíprocos y él falta á todos los suyos: mis deberes hoy se refieren mas á guardar los respetos debidos á la sociedad en que vivo que á los deberes íntimos de mi vida conyugal; y la sociedad se contenta con las apariencias mas que con la realidad.

A pesar de estas sofisticadas[89] explicaciones, Hortensia no alcanzaba á tranquilizarse.

—Yo esperé, decía, que podría ser feliz, ya que no amante esposa. Busqué en medio de las fiestas y el bullicio del mundo, no el amor sacrílego de un amante, sino mas bien algo que acallara al corazón y aturdiera la razón. ¿Es culpa mía acaso que el insípido y frío afecto de mi esposo, no haya sido suficiente á preservarme de las borrascas de una pasión? ¿Qué importa que hoy se haya tornado afectuoso y amante, si es ya demasiado tarde para todo otro afecto que no sea el de Alfredo? Si él hubiera pensado en prodigarme estos cuidados, este

---

89   En las dos ediciones se lee «sofisticas».

afecto en otro tiempo, cuando mi corazón ageno á todas las impresiones del amor, y naturalmente, inclinado al bien, era mas natural que amara al esposo como hoy amo al amante...¡Qué feliz sería yo! ¡Ah! no debo forjarme ilusiones, preciso es que conozca que si él ha abandonado su vida desordenada y viciosa no es por amor, sino por celos, por amor propio. Comprendo[90] que yo puedo amar á otro hombre, y esta idea lo exaspera y lo torna solícito y afectuoso. Tarde ¡ay! demasiado tarde llega su afecto...

Asi discurría Hortensia, cada día mas y mas seducida por el ardiente amor de Alfredo.

La lucha entre la razón y la conciencia, entre el corazón y la cabeza, que ella por largo tiempo sostuvo, dió el resultado que todas las luchas amorosas dan cuando las sostiene un corazón enamorado y una razón cegada por la pasión.

Ella, sin embargo, disculpábase á si misma, con el poco interés que siempre la había manifestado su esposo, y mas que esto, con la vida disipada y viciosa que él por tan largo tiempo llevara.

Un día dijole Antonia:

—Qué felicidad que el señor esté ya tan corregido de sus tunanterías.[91]

—Sí, es una felicidad, dijo Hortensia con tristeza.

—¿Ha observado U. lo asiduo que está en la casa y lo cariñoso que es para con usted?

—¡Pues no lo he de observar, si ha cambiado como de la noche á la mañana!

—Pero á pesar de sus halagos yo diría que está disgustado; parece que alguna idea lo atormentara. Ayer lo encontré limpiando con mucho cuidado su revolver de seis tiros, y como si esto tuviera algo de malo, se sorprendió y se puso pálido cuando yo entré á llamarlo.

—¿Por qué te parece que se sorprendería?

—Quién sabe, contestó con aire misterioso Antonia.

Después de un momento agregó:

—No se fie U., señorita, de los cariños del señor, los hombres son muy traidores, muchas veces halagan para dar mejor el golpe que meditan.

---

90 Las dos ediciones leen «comprendo» cuando debería ser «comprende». El sujeto es Montalvo.

91 *Tunanterías*: Correrías del tunante; es decir, de aquel hombre a quien le gustan las diversiones, las fiestas y las trasnochadas.

—No tengas cuidado.

Y después, como hablando consigo misma, agregó:

    —Si algo sucede, tengo ya tomada mi resolución.

XVIII
El cerrito de las delicias[92]

El hermoso y pintoresco pueblo de Miraflores, es hoy como Chorrillos y como el Barranco, un montón de ruinas y de ennegrecidos escombros. Sus suntuosos *ranchos*,[93] amenos jardines y lujosos malecones, todo ha sido destruido é incendiado. Lo que el fuego no pudo destruir destruyólo la formidable dinamita. Por todas partes las huestes chilenas dejaron, en esos que fueron hermosos y florecientes pueblos, la huella de su bárbara ferocidad y rabiosa envidia.

Si fuera posible que la señora Montalvo volviera á Miraflores, apenas reconocería el sitio donde se alzaba alegre, pintoresco, blanquísimo su hermoso *rancho*, que como un nido de avecillas, ocultábase entre tupidas madre-selvas y frondosos arbustos de delicada flor.

Ella había reunido allí todo lo que la naturaleza y el arte tienen de mas hermoso, risueño y delicado. Las plantas de conservatorio con sus grandes hojas de caprichoso jaspe, adornaban las habitaciones, junto con los cuadros mas bellos y poéticos, los objetos de arte que ora toman con el cristal los colores y la trasparencia de un celaje primaveral, ora con el bronce, la plata ó marfil mil variadas y caprichosas formas, todo estaba allí colocado con gusto, con elegancia, con primor. Desde la puerta de la entrada se reconocía que la mano solícita y el delicado gusto de una mujer cuidaban de embellecer esa morada.

No faltaba quien notara que ese *rancho* siempre cerrado antes, y que parecía por su triste aspecto deshabitado, tenía ahora el mas hermoso jardín y el mas risueño aspecto de todos los *ranchos* de Miraflores.

Las mismas transformaciones del *rancho* notábase en sus moradores, muy particularmente en la señora de la casa.

Frecuentemente se la veía salir en la tarde y acompañada de Antonia; descendía el barranco que conduce al mar, y dirigíase á un paraje donde la esperaba Alfredo.

---

92   Colina ubicada a las afueras de la ciudad cerca de la playa.
93   *Ranchos*: granja o finca a veces rústica, pero que en este caso, se asemejan a las bellas haciendas de los terratenientes de otros países latinoamericanos.

Allí en presencia de la inmensidad del mar, no tan inmenso decían ellos, como su amor, departían amorosamente.

Nada mas riente y poético que aquel lugar. Era un cerrillo á cuya cima iban á sentarse, sin mas compañía que Antonia, que pocas veces se alejaba de allí.

De un lado las verdes hondonadas y los espesos cañaverales que festonean los cerros; del otro la inmensidad del mar con sus azuladas lontananzas. Sobre sus cabezas se alzaban en gigantescos grupos los picos pedregosos y áridos de los cerros de Miraflores; esta aridez de las cumbres contrasta magníficamente con la exuberante vegetación que principia al mediar los cerros, donde las filtraciones humedecen el terreno y forman hilos cristalinos ó pequeñas y murmurantes cascadas que brillan á la luz del sol. A sus pies el mar siempre agitado y turbulento quebraba sus encrespadas olas y esparcía menuda lluvia de perlas que llegaba hasta ellos en tenue y delicioso asperje.

Los últimos fulgores del día coloreaban con el dorado rojizo las nubes amontonadas en el horizonte, formando espléndidos celajes de vivísimos y múltiples colores.

El rumor lejano de la población llegaba apenas mezclado al canto de las aves y al mujido de las vacas; allí nada podía alterar la calma solemne y elocuente que reinaba en torno.

Era mediados del mes de Mayo. El sol, despues de perder la fuerza de sus ardientes rayos, con los que parece abrasarnos en los meses de verano; toma dulce y cariñoso calor que reanima el espíritu, vivifica la naturaleza convidando la mente á soñar y al corazón á amar.

En este mes era cuando Hortensia y Alfredo iban á pasearse á aquel paraje, que por su belleza y poética topografía mereció que le llamaran *el Cerrito de las delicias*.

Como es fácil suponer, en lugar donde todo era bello, poético, solemne, ellos no podían dejar de sentir sino en armonía con la naturaleza que los rodeaba. No necesitaban tanto: cada cual llevaba en su alma rico caudal de inagotable poesía.

El Cerrito de las delicias llegó á ser pues nido de amor donde dos amantes ebrios de felicidad y en medio al éxtasis de su pasión olvidaban el tiempo, el mundo y hasta sus propios deberes y dejando transcurrir felices sus horas entregados á su amor.

Cada día mas y mas enamorados veían pasar su vida como delicioso sueño de dulce despertar, sin mirar en los dorados horizontes de su porvenir, sino los risueños mirajes de sus exaltada imaginación.

—¡Qué hermosa es la vida amando así! exclamaba Alfredo, besando cariñoso las manos de su amada.

—A veces temo que el exceso de felicidad me mate, decía Hortensia, tomando entre las suyas una de las manos de Alfredo.

Y con una mirada de infinito amor agregaba:

—¡Morir en tus brazos, qué bello sería!

—Sí, con tal que la muerte nos hiriera á entrambos.

—Yo, decía Hortensia, creería que no he vivido antes; mi pasado es como un limbo donde no acierto á distinguir sino sombras.

—Nuestra felicidad será eterna, como es el amor en que está cifrada.

—Tiemblo á la idea de que la muerte hiera á uno de los dos ¡Qué sería de mí sin ti!

—Yo, agregó Alfredo, no te sobreviviría ni un momento; junto con tu cadáver estaría el mío.

—Qué mal sabe hablar de muerte en medio de esta naturaleza donde todo respira vida, dijo sonriendo Hortensia.

Y despues con gracia y coquetería agregó:

—Antes que la muerte nos sorprenda, tú me habrás olvidado.

—Primero se apagará ese sol que nos alumbra, dijo Alfredo con profunda emoción.

Hortensia sonreía de felicidad y satisfacción: era natural. ¿Acaso ella había dudado jamás que primero se apagaría el sol, que Alfredo dejara de amarla?

Asi pasaban los días, y ni uno ni otro pensaba que aquella dicha podía terminar.

XIX
Sombras siniestras

Mientras que ellos pasaban las horas felices y confiados, el señor Montalvo, alarmado con los repentinos cambios que había notado en su esposa, la observaba con empeño y atención.

Observó que como por arte mágico su antes alterada salud restablecióse, recuperando la alegría, el bienestar, el sueño, el apetito, todo esto sin medicinas, sin cambio de clima, sin una alteración siquiera en sus hábitos y costumbres.

Notó que lujosas batas de raso y elegantes vestidos de verano reemplazaron repentinamente al sencillo y severo traje negro que por largo tiempo llevara su esposa con obstinada persistencia.

Hortensia, por su parte, acostumbrada al desamor de su esposo y á su habitual indiferencia, no procuró ocultar esos bruscos é inesperados cambios y esas repentinas y violentas trasformaciones, influyendo sin duda mucho en este descuido, el poco interés que su esposo la manifestaba por todo lo que se refería á la felicidad conyugal.

Desatinada anduvo por esta vez su penetración y malicia. ¡Bien se conoce que ella, como muchas mujeres, ignoraba que hay hombres que para dejar de ser esposos indiferentes ó tibios amantes, necesitan del aguijon de los celos! Por eso hay tantos que solo dejan de ser maridos desamorosos y fríos el día que comprenden que su mujer puede dejar deserles[94] fiel. Principian á ser buenos el día que su esposa principia á ser mala.

Tal era el señor Montalvo. A la idea de que su esposa amase á otro hombre, su indiferencia tornose en vehemente y ardoroso amor, su frialdad, ardiente afecto y su apática indolencia, continua agitación de espíritu.

Aunque antes había vivido convencido del escaso afecto de su esposa, cuidose poco de investigar hasta qué extremo estaba él alejado de su corazón.

---

94   *De serles*: En ambas versiones se repite el error.

Hoy esta idea le atormentaba á tal extremo, que derramaba hiel en su corazón y sombra en su alma.

Los celos, como el amor, revisten diversas formas. El señor Montalvo, aunque tornóse afectuoso, solícito, complaciente, en algunos momentos se le veía asir su cuchillo de caza, revisando su filo y acariciarlo con aire sombrío. Otras veces tomaba su revólver, y despues de examinarlo atentamente exclamaba:

—Con seis balas bien se puede matar á dos infames.

Entre las observaciones que hizo, notó que su esposa, contra su costumbre, salía con Antonia á hacer largas excursiones que para él no tenían explicación posible.

Alguna vez se aventuró a decirla:

—Estos largos y frecuentes paseos pueden hacerte mal.

—Al contrario, decía Hortensia, ellos me están curando de todos mis males; el ejercicio me conviene mucho.

—Sin embargo, antes no querías salir de la casa…

Resolvió, pues, seguirla y sorprender su secreto; pero la casualidad que muchas veces desempeña el papel de Providencia protectora de los amantes felices, cruzaba sus planes y malograba sus acechanzas. Cada día mas desesperado, juró que cuando descubriera la verdad, sangrienta venganza satisfaría su ultrajado honor.[95]

—Sí, exclamaba con sonrisa, las manchas del honor solo con sangre se lavan. Además, las leyes amparan y la sociedad respeta al hombre que por su mano venga sus ofensas. Es verdad que en este caso pretenderán justificar la enorme falta de ella, con las supuestas que á mí me inculparán; felizmente el público está impuesto de la clase de conducta que he llevado en mi vida matrimonial. Además para evitar la vocinglería[96] estúpida del vulgo, puedo huir, é ir á dar un largo paseo por el viejo mundo.

Otras veces decía:

—El hombre tiene derecho para todo, tanto para lo malo como para lo bueno; si así no fuera, dejaría de ser hombre. La mujer no tiene ningún derecho, á no ser el de pedirle á Dios consuelo. ¿Qué seria de la familia y de la sociedad si porque á un hombre le da en gana de vivir alejado de su mujer, ya sea para jugar, beber ó enamorar tambien ella tuviera el derecho de llevar á su lado al amante que debe reemplazar

---

95   El tema de honor estaba íntimamente conectado a la idea de la masculinidad en Latinoamérica y España, y expresado a través de la literatura.

96   Ruido de muchas voces.

al marido? Previendo esto sin duda, es que las leyes autorizan con la impunidad la muerte de la mujer culpable.[97] Ningún hombre está en el deber de pasar la vida en adoración perpetua de su esposa, y la mujer prudente y cauta debe conformarse con la gran felicidad que yo le he dado á Hortensia, llenando mis deberes de esposo hasta donde las leyes del honor y del deber lo exigen. Lujo, comodidades, libertad, afecto, ¿qué no le he dado? Yo sabré castigar tamaña ingratitud, sí, yo la castigaré.

Estos largos monólogos exacerbaban cada día mas su adusto carácter alimentando siniestras ideas y culpables propósitos.

A tal extremo llegó su estado de excitación, que Hortensia, que hasta entonces no había fijado su atención sino en el cambio favorable de los afectos de su esposo, notaba que cada día aumentaba su tristeza, la que se manifestaba por largas y silenciosas meditaciones y algunas veces por bruscas reconvenciones acompañadas de vehementes y entrecortadas palabras.

---

97 Cabello a través del raciocinio de Montalvo y su ilógica justificación de por qué castigar a Hortensia, revela los parámetros sociales y culturales de una sociedad enteramente patriarcal y misógina.

XX
Un mal presagio

Como hemos dicho, mediaba el mes de Mayo.

Una fresca brisa llevaba en intermitentes bocanadas á los moradores del poético pueblo de Miraflores el cadencioso rumor de las ondas mezclado al mugido de las vacas, al canto de las aves y al monótono ruido de las hojosas astrapeas[98] que bordan las agrestes calles de Miraflores.

¡Qué bello era entonces este pueblo! ¡Cuán distinto de lo que es hoy!

Hoy es una acusación elocuente á la civilización de América, una maldición a la guerra,[99] ese monstruo que en tan poco tiempo ha devorado hombres, pueblos y riquezas... Ayer era un pueblo alegre y hermoso donde la gente favorecida de la fortuna iba á respirar el aire del campo y á solazar el espíritu, y donde los enamorados y los amantes iban á realizar sus esperanzas y sus sueños. Hoy es un pueblo destruido, un montón de ruinas solitarias durante el día y en la noche un panteon poblado de sombras... Allí descansan tantos héroes, tantos mártires que cada palmo de terreno nos hablaría con la elocuencia desgarrada del heroísmo infortunado y el reproche cruel del sacrificio estéril!... Mas ¡ay!.... detengamos la pluma... No demos desahogo al dolor ni pábulo á la indignación. Si así no fuera escribiríamos páginas negras como sus calcinados escombros y tristísimas como sus asolados campos!..............

La señora Montalvo acababa de despertarse y se desperezaba en su lecho soñolienta y pensativa. Eran las seis de la mañana.

Con la cabeza recostada en la cariátide[100] que adornaba el respaldo del catre, quedóse sumida en profunda meditación.

—¡Qué sueño tan horrible he tenido esta noche! Ha sido una es-

---

98   *Astrapeas*: Árbol malváceo muy abundante en Lima y en las costas del Perú.
99   El 15 de enero de 1881 aconteció la Batalla de Miraflores donde el ejército peruano cayó vencido ante el chileno, hecho que le permitió a este último seguir su avance a Lima.
100   *Cariátide:* Estatua de mujer con traje talar que hace oficio de columna o pilastra. El nombre proviene de los habitantes de la ciudad de Caria, en Laconia.

pantosa pesadilla. ¡Dios mio, agregó plegando las manos en ademán de súplica, salva su vida, aunque yo muera mil veces!

¿Qué sueño era éste, que tan lúgubres pensamientos la traía?

Soñó que un hombre terrible, surgiendo de en medio de la espesura de los matorrales del *Cerrito de las delicias*, había hundido en el pecho de Alfredo un agudo puñal, y con el ceño amenazador, los ojos fulgurantes y la voz de trueno, dijole: —Mi honor esta vengado.

Este fatídico sueño no era mas que lo que ya vislumbraba su intranquila conciencia.

—Si tal sucediera, dijo llena de angustia, yo opondría mi cuerpo para salvar la vida de Alfredo.

Pensó que para evitar la realización de su sueño, que tal vez era un presagio de lo que podía suceder, necesitaba cambiar de conducta y ser mas cauta y prudente.

Aunque ella tenía alma templada para las grandes emociones y enérgico carácter, suficiente para arrostrar la muerte misma, pensó que debía evitar el peligro que tanto á ella como á su amante les amenazaba.

Llamó á Antonia, que ya era su confidenta y su amiga.

—Ve, le dijo, donde Alfredo y dile que hoy no iré al paseo de la tarde.

Mientras Antonia volvía, se vistió y aguardó intranquila la contestación.

De regreso de su comisión, Antonia dijo:

—Dice el señor Alfredo que es indispensable que hoy hable con U., que necesita darle á conocer un gran peligro que les amenaza.

—¡Dios mio! dijo Hortensia palideciendo. ¿Qué será esto?

Antonia acompañaba siempre á su ama en sus paseos. Sin embargo, el señor Montalvo no miraba tranquilo estas diarias excursiones.

—Hoy no puede haber para U. ningún peligro, dijo Antonia; me dijo hace poco el señor que iba á Lima y que no regresaría hasta mañana.

—¿Lo crees así?

—Paréceme así, porque otras veces no saca su revólver como lo ha hecho hoy, lo que prueba que va á Lima á correr la tuna.[101]

---

101   *A correr la tuna*: holgazanear, pasar el tiempo en ocios y diversiones callejeras.

—Para mayor precaución, te irás tú por delante y yo iré sola algo atrás.

—No tema U. nada. ¿Qué hay de malo en que converse U. con el señor Alfredo, como lo hace U. estando yo siempre presente?

—Sí, pero noto que en mi esposo hay un cambio que me hace temer mucho de él.

—¿Cree U. que pueda hacer algo?

—Sí. ¿No ves que ha hecho por celos lo que jamás hizo por amor?

—Está bien. Esta tarde me iré por delante, y si veo algo que amenace peligro correré á participárselo á U.

XXI
Un encuentro fatal

Eran las doce del día cuando la señora Montalvo, precedida de Antonia, salía precipitada y sigilosamente de su hermoso y magnifico rancho, con dirección al poético *Cerrito de las Delicias*.

Despues de descender el barranco, debía atravesar largo sendero de terreno erial,[102] que hacía imposible el poder esquivarse á la mirada del que quisiera acecharla.

De repente, como si surgiera de las entrañas de la tierra, apareciósele su esposo, que ella creía en Lima, y muy lejos de venir á aquel lugar.

A su vista, detúvose Hortensia, y aunque mortal palidez cubrió su semblante, miró de hito en hito á su esposo, tomando aire de arrogante altivez.

—¡Infame! ¿Vienes á donde tu amante? gritó furioso el ofendido esposo.

Este repentino y brusco apóstrofe, dirigido á otra mujer que no tuviera la fortaleza de alma de Hortensia, hubiérala hecho caer de rodillas, implorando clemencia: ella, lejos de anonadarse, irguió altiva la frente, y con voz fuerte y serena dijo:

—Sí, vengo donde el único hombre que amo.

—¿Dónde está ese miserable? exclamó fuera de sí el señor Montalvo, agregando una horrible imprecación, dirigiéndose hacia el sitio donde Alfredo se encontraba.

Hortensia le salió al paso, deteniéndolo, y con voz firme y enérgico tono, díjole:

—Yo soy la única culpable, y no tiene U. derecho de juzgarme.

—Pero tengo el de matarte, gritó el señor Montalvo trémulo de rabia y descargando al mismo tiempo su revólver sobre el pecho de su esposa.

Esta dió un lastimero quejido, avanzó dos pasos y cayó sin poderse sostener.

---

102 *Erial*: Terreno sin cultivar.

El señor Montalvo, con el terror natural del que acaba de cometer un asesinato, huyó despavorido.

En ese momento, Alfredo, seguido de Antonia, aparecieron por el lado opuesto. Alfredo asió con rabia su revólver, é iba á echar á correr detrás del asesino, cuando vió á su amada caida en el suelo, con el semblante cadavérico, la mirada extinta y el pecho atravesado por una bala.

—¡Hortensia! exclamó, lleno de inmortal angustia y levantando sobre una de sus rodillas el inanimado cuerpo de Hortensia, procurando restañar con la mano la sangre que á borbotones corría de la herida.

Despues de un momento que para su mortal angustia fué un siglo de tormento, Hortensia abrió los ojos, velados por las sombras de la muerte, y con voz desfallecida y apenas perceptible, dijo:

—Por salvar tu vida...desafié la cólera de mi esposo...Muero feliz....en tus brazos.

—¡Angel generoso! exclamó Alfredo cayendo de rodillas.

Hortensia continuó articulando algunas palabras mas; pero tan confusas é incoherentes, que Alfredo no alcanzó á comprender sino estas:

—*¡Sé feliz!*

Alfredo inclinó su cabeza para recoger con el último beso de amor, el último aliento que Hortensia acababa de exhalar.

•••

Bien quisiéramos, para finalizar como debiera esta triste historia de los amores de Hortensia, decir que su amante, desesperado, fuera de sí y en el colmo del mas acerbo dolor, puso fin á sus días, no fuera mas que para cumplir lo que en dulce y sentimental coloquio la prometiera; pero nosotros referimos hechos, y no forjamos historia.[103]

Diremos, pues, que si el dolor de Alfredo fué en el primer mo-

---

103   Vuelve al principio de la novela y a su premisa de «caso» real para enseñar, por medio de la vida y muerte de la joven Hortensia, una lección moralizadora.

mento vehemente y profundo, no debió ser muy duradero; de otra suerte, no se explica que pocos meses después se uniera con los lazos del matrimonio á joven rica heredera, hija de un gran agiotista que había allegado su opulenta fortuna, estafando á los ricos y oprimiendo á los pobres...

Si la espiritual y soñadora Hortensia hubiese presenciado esto, habría exclamado con el corazón transido de dolor:

—¡Desengaños de la vida!

Nosotros solo diremos.

—Realidades de la vida...

La noticia de la muerte de la señora Montalvo esparcióse en Lima con eléctrica rapidez.

La sociedad toda se alarmó profundamente con esta repentina muerte, que arrebataba de sus salones una de las más bellas y preciadas joyas.

Cada cual comentaba su muerte de diversas maneras, pero sin acertar ninguno á decir la verdad.

Al siguiente día, los periódicos daban cuenta del suceso, discrepando en algunos pequeños detalles, pero todos de acuerdo en asegurar que el hecho había sido completamente desgraciado y casual.

Veamos lo que decía uno de ellos:

«La bella y virtuosa señora Hortensia U. de Montalvo, que ayer no más era por su talento é ilustración, una de las más ricas y preciadas joyas de la alta sociedad limeña, ha dejado de existir ayer, víctima de un incidente desgraciadísimo, aunque completamente casual.

«Su esposo, el señor Montalvo, entreteníase en compañía de algunos amigos en ejercitar la mano en el tiro al blanco; la señora Montalvo, que casualmente llegó en ese momento, manifestó deseo de recibir una lección, y sin notar que un revólver estaba preparado, lo asió, y casi instantáneamente, junto con la detonación, se oyó un ¡ay! Una horrible desgracia acababa de suceder. Todo esto pasó juz [ilegible][104] tal rapidez, que el señor Montalvo, que corrió á arre-[ilegible][105] el arma, solo alcanzó a recibir en sus brazos moribunda á su esposa.

«La justicia ha hecho todas las indagaciones y ha investigado todos los pormenores, quedando completamente satisfecha de la veracidad de este hecho, por mil títulos lamentable.

---

104   En la versión del folletín dice claramente: «Todo esto pasó con tal rapidez..»
105   En la versión del folletín dice claramente: «arrebatarla».

Bien se comprende que no fueron las indagaciones ni las investigaciones lo que dejaron satisfecha á la justicia, sino mas bien las influencias y el oro del señor Montalvo.

Pocos días despues partió para Europa, á consolarse de sus penas, decían sus amigos; á buscar el olvido de su crimen, diremos nosotros.

MERCEDES CABELLO DE CARBONERA

Thank you for acquiring

Los amores de Hortensia

from the
Stockcero collection of Spanish and Latin American significant books of the past and present.

This book is one of a large and ever-expanding list of titles Stockcero regards as classics of Spanish and Latin American literature, history, economics, and cultural studies. A series of important books are being brought back into print with modern readers and students in mind, and thus including updated footnotes, prefaces, and bibliographies.

We invite you to look for more complete information on our website, **www.stockcero.com**, where you can view a list of titles currently available, as well as those in preparation. On this website, you may register to receive desk copies, view additional information about the books, and suggest titles you would like to see brought back into print. We are most eager to receive these suggestions, and if possible, to discuss them with you. Any comments you wish to make about Stockcero books would be most helpful.

The Stockcero website will also provide access to an increasing number of links to critical articles, libraries, databanks, bibliographies and other materials relating to the texts we are publishing.

By registering on our website, you will allow us to inform you of services and connections that will enhance your reading and teaching of an expanding list of important books.

You may additionally help us improve the way we serve your needs by registering your purchase at:
http://www.stockcero.com/bookregister.htm

www.ingramcontent.com/pod-product-compliance
Lightning Source LLC
Chambersburg PA
CBHW020702030726
47498CB00002B/603